丛书主编　郑　毅

# 吉林纪事诗

清·沈兆禔　著

李亚超　整理

吉林文史出版社

# 《长白文库》总序

　　中华优秀传统文化是中华民族的"根"和"魂"，习近平总书记高度重视中华优秀传统文化，并将其作为治国理政的重要思想文化资源。"不忘本来才能开辟未来，善于继承才能更好创新。""优秀传统文化是一个国家、一个民族传承和发展的根本，如果丢掉了，就割断了精神命脉。"中华优秀传统文化具有多样性和地域性等特征，东北地域文化是多元一体的中华文化中的重要组成部分。吉林省地处东北地区中部，是中华民族世代生存融合的重要地区，素有"白山松水"之美誉，肃慎、扶余、东胡、高句丽、契丹、女真、汉族、满族、蒙古族等诸多族群自古繁衍生息于此，创造出多种极具地域特征的绚烂多姿的地方文化。为了"弘扬地方文化，开发乡邦文献"，自 20 世纪 80 年代起，原吉林师范学院李澍田先生积极响应陈云同志倡导古籍整理的号召，应东北地区方志编修之急，服务于东北地方史研究的热潮，遍访国内百余家图书馆寻书求籍，审慎筛选具有代表性的著述文典 300 余种，编撰校订出版以《长白丛书》（以下简称《丛书》）为名的大型东北地方文献丛书，迄今已近 40 载。历经李澍田先生、刁书仁和郑毅两位教授三任丛书主编，数十位古籍所前辈和同人青灯黄卷、兀兀穷年，诸多省内外专家学者的鼎力支持，《丛书》迄今已共计整理出版了 110 部 5000 余万字。《丛书》以"长白"为名，"在清代中叶以来，吉林省疆域迭有变迁，而长白山钟灵毓秀，蔚然耸立，为吉林名山，从历史上看，不咸山于《山海经·大荒北经》中也有明确记录，把长白山当作吉林的象征，这是合情合理的。"（《长白丛书》初版陈连庆先生序）

　　1983 年吉林师范学院古籍研究所（室）成立，作为吉林省古籍整理与研究协作组常设机构和丛书的编务机构，李澍田先生出任所长。全国高校古籍整理工作委员会、吉林省教委和省财政厅都给予了该项目一定的支持。李澍田先生是《丛书》的创始人，他的学术生涯就是《丛书》的创业史。《丛书》能够在国内外学界有如此大的影响力，与李澍田先生的敬业精神和艰辛努力是分不开的。《丛书》创办之始，李澍田先生"邀集吉、长各地的中青年同志，乃至吉林的一些老同志，群策群力，分工合作"（初版陈序），寻访底本，夙兴夜寐逐字校勘，联络印刷单位、寻找合作方，因经常有生僻古字，先生不得不亲自到车间与排版工人拼字铸模；吉林文史出版社于永玉先生作为《丛书》的第一任责编，殚精竭虑地付出了很多努力，为《丛书》的完成出版做出了突出贡献；原古籍所衣兴国等诸位前辈同人在辅助李澍田先生编印《丛书》的过程中，一道解决了遇到的诸多问题、排除了诸多困难，是《丛书》草创时期的重要参与者。《丛书》自20世纪80年代出版发行以来，经历了铅字排版印刷、激光照排印刷、数字化出版等多个时期，《丛书》本身也称得上是改革开放以来中国印刷史的见证。由于《丛书》不同卷册在出版发行的不同历史时期，投入的人力、财力受当时的条件所限，每一种图书的质量都不同程度留有遗憾，且印数多则千册、少则数百册，历经数十年的流布与交换，有些图书可谓一册难求。

1994年，李澍田先生年逾花甲，功成身退，由刁书仁教授继任《丛书》主编。刁书仁教授"萧规曹随"，延续了《丛书》的出版生命，在经费拮据、古籍整理热潮消退、社会关注度降低的情况下，多方呼吁，破解困局，使得《丛书》得以继续出版，文化品牌得以保存，其功不可没。1999年原吉林师范学院、吉林医学院、吉林林学院和吉林电气化高等专科学校合并组建为北华大学，首任校长于庚蒲教授力主保留古籍所作为北华大学处级建制科研单位，使得《丛书》的学术研究成果得以延续保存。依托北华大学古籍所发展形成的专门史学科被学校确定为四个重点建设学科之一，在东北边疆史地研究、东北民族史研究方面形成了北华大学的特色与优势。

2002年，刁书仁教授调至扬州大学工作，笔者当时正担任北华大学图书馆馆长，在北华大学的委托和古籍所同人的希冀下，本人兼任古籍所所长、《丛书》主编。在北华大学的鼎力支持下，为了适应新时期形势的发展，出于拓展古籍研究所研究领域、繁荣学术文化、有利于学术交流以及人才培养工作的实际需要，原古籍研究所改建为东亚历史与文献研究中心，在保持原古籍整理与研究的学术专长的同时，中心将学术研究的视野和交流渠道拓展至东亚地域范围。同时，为努力保持《丛书》的出版规模，我们以出文献精品、重学术研究成果为工作方针，确保《丛书》学术研究成果的传承与延续。

在全方位、深层次挖掘和研究的基础上，整套《丛书》整理与研究成果斐然。《丛书》分为文献整理与东亚文化研究两大系列，内容包括史料、方志、档案、人物、诗词、满学、农学、边疆、民俗、金石、地理、专题论集12个子系列。《丛书》问世后得到学术界和出版界的好评，《丛书》初集中的《吉林通志》于1987年荣获全国古籍出版奖，三集中的《东三省政略》于1992年获国家新闻出版总署全国古籍整理图书奖，是当年全国地方文献中唯一获奖的图书。同年，在吉林省第二届社会科学成果评奖中，全套丛书获优秀成果二等奖，并被国家新闻出版总署列为"八五"计划重点图书。1995年《中国东北通史》获吉林省第三届社会科学优秀成果二等奖。2005年，《同文汇考中朝史料》获北方十五省（市、区）哲学社会科学优秀图书奖。

《丛书》的出版在社会各界引起很大反响，与当时广东出现的以岭南文献为主的《岭南丛书》并称国内两大地方文献丛书，有"北有长白，南有岭南"之誉。吉林大学金景芳教授认为"编辑《长白丛书》的贡献很大，从《辽海丛书》到《长白丛书》都证明东北并非没有文化"。著名明史学者、东北师范大学李洵教授认为："《长白丛书》把现在已经很难得的东西整理出来，说明东北文化有很高的水准，所以丛书的意义不只在于出了几本书，更在于开发了东北的文化，这是很有意义的，现在不能再说东北没有文化了。"美国学者杜赞奇认为"以往有关东北方面的材料，利用日文资料很多。而现在中文的《长白丛书》则很有利于提高中国东北史的研究"（《长白丛书》出版十周年纪念会上的发言）。中国社会科学院边疆史地研究中心主任厉声研究员认为："《长白丛书》已经成为一个品牌，与西北研究同列全国之首。"（1999年12月在《长白丛书》工作规划会议上的发言）目前，《长白丛书》已被收藏于日本、俄罗斯、美国、德国、英国、加拿大、澳大利亚、韩国及东南亚各国多所学府和研究机构，并深受海内外史学研究者的关注。

为了更好地传承和弘扬优秀地域文化，再现《丛书》在"面向吉林，服务桑梓"方面的传统与特色，2010年前后，我与时任吉林文史出版社社长的徐潜先生就曾多次动议启动出版《长白丛书精品集》，并做了相应的前期准备工作，后因出版资助经费落实有困难而一再拖延。2020年，以十年前的动议与前期工作为基础，在吉林省省级文化发展专项资金的资助下，北华大学东亚历史与文献研究中心与吉林文史出版社共同议定以《长白丛书》为文献基础，从《丛书》已出版的图书中优选数十种具有代表性的文献图书和研究著述合编为《长白文库》加以出版。

《长白文库》是在新的历史发展时期对《长白丛书》的一种文化传承和创新，《长白丛书》仍将以推出地方文化精华和学术研究精品为目标，延续东北地域文化的文脉。

《长白文库》以《长白丛书》刊印40年来广受社会各界关注的地方文化图书为入选标准，第一期选择约30部反映吉林地域传统文化精华的图书，充分展现白山松水孕育的地域传统文化之风貌，为当代传统文化传承提供丰厚的文化滋养，是一件功在当代、利在千秋的文化盛举。

盛世兴文，文以载道。保存和延续优秀传统文化的文脉，是人文社会科学研究者的社会责任和学术使命，《长白丛书》在创立之时，就得到省内外多所高校诸多学界前辈的关注和提携，"开发乡邦文献，弘扬地方文化"成为 20 世纪 80 年代一批志同道合的老一辈学者的共同奋斗目标，没有他们当初的默默耕耘和艰辛努力，就没有今天《长白丛书》这样一个存续 40 年的地方文化品牌的荣耀。"独行快，众行远"，这次在组建《长白文库》编委会的过程中，受邀的各位学者都表达了对这项工作的肯定和支持，慨然应允出任编委会委员，并对《长白文库》的编辑工作提出了诸多真知灼见，这是学界同道对《丛书》多年情感的流露，也是对即将问世的《长白文库》的期许。

感谢原吉林师范学院、现北华大学 40 年来对《丛书》的投入与支持，感谢吉林文史出版社历届领导的精诚合作，感谢学界同人对《丛书》的关心与帮助！

郑　毅

谨序于北华大学东亚历史与文献研究中心

2020 年 7 月 1 日

# 色彩浓厚的吉林乡土诗史

## ——《吉林纪事诗》重刊前言

沈兆褆其人其诗，久被埋没，实在是件憾事。无论是"人以文传"，还是"文以人传"，沈兆褆和他的《吉林纪事诗》都应该传之于后世。撰写吉林乡土文学，他和他的诗，也都应该占有相当的地位。

一

沈兆褆，字钧平，清末民初浙江仁和人，祖籍豫章南昌。从《吉林纪事诗》的"序"和"跋"中得知：他是于清宣统二年（一九一○年）"春夏之交，浮江渡海，走幽燕，入辽沈，远游肃慎故墟"来到吉林的①。来吉林之前，他在江南曾先后做过两任县令，时间虽说很短，但他为国为民却做了很多好事，深得民心。在任职甘泉县（今江苏省境内）县令的十四个月中，他"结案五百余起。有十年不结之案，至此一讯即结。除盗贼、人命、奸拐外，从不轻押轻刑。于妇女尤为审慎，以妇女一受刑押，则于名节有关也。在任，却陋规万金，广陵（今扬州市）官场多有知之者"②。在任职东台县（今江苏省境内）县令的八个月中，沈兆褆处处能为百姓着想，兴修水利，创办学堂，政绩卓著。一次，天主教"强欲在学堂旁建堂传教"③，沈兆褆在洋人面前，不亢不卑，据理力争，终于迫使洋人作罢。这件事，在东台县百姓中一时传为佳话。沈兆褆先后两任县令期间，不论是在甘泉，还是在东台，他都严肃告诫自己的家丁，不准索取百姓分文。同时，对县衙里那些"无官之位，有官之权，狐假虎威，最为民蠹"的"三行家人"④，一律辞掉，故深受百姓的称颂。

但是，往往百姓所称颂的父母官，常常却要被蜚语所中伤。沈兆褆终于在蜚语的中伤下去官。去官后，常以岳飞和陶潜自遣："汤阴三字莫须有，彭泽一官归去来。毁誉是非何处辩，闭门思过且衔杯。"赋闲不久，他就北上吉林，供职于吉林兵备处，任考功兼执法科二等科员。

沈兆禔来吉林，就"颇爱此间山水，以为大似江浙风景"⑤。于是"自夏徂秋，公余之暇，辄蒐讨乎鸡林（即吉林）之天时、地利、风土、人情，与夫政治上之源流沿革，每有所得，发为咏歌，延及数月，纂成《吉林纪事诗》一编"⑥。

清宣统三年（一九一一年）四月，因其夫人陶锦裳在南京病逝，沈兆禔离开吉林去南京。此后有关沈兆禔的情况就不甚清楚了。不过，他给我们吉林地方留下的一部《吉林纪事诗》，却使我们永远地记着他。这也是叫作"人以文传"吧！

## 二

沈兆禔的《吉林纪事诗》于宣统辛亥（一九一一年）夏六月，金陵聚珍书局印刷发行。共四卷十类，有诗二百零六首。卷一纪发祥、巡幸、天文、舆地、岁时；卷二和卷三纪职官；卷四纪人物、金石、物产、杂俎。卷前有"凡例"六条，"图""表"各一，"序"七篇，"题词"二十八首；卷末有"后序"一篇，"跋"二篇，"记"一篇。"考订精详，可作纪事诗读，亦可作省志读，"⑦有较高的史料价值和浓郁的地方特色。

第一类发祥：有诗五首，记叙清始祖降生和兴起的地方，及其开国武功。今选其中《朱果》一首：

> 绕电流虹旷代无，浴池天女果吞朱。
>
> 商家玄鸟周人迹，圣世祯祥先后符。

这首诗是作者根据民间传说所作，传说清始祖雍顺的降生，同商代始祖契，周代始祖后稷一样，也是生而不凡的。"浴池天女果吞朱（即吞朱果）"，充满了神话色彩。作者在此类前言中记载：长白山之东"有布库哩山，山下有池曰布勒瑚哩。天女（即佛库伦）感神鹊衔朱果置衣之异，取而吞之，遂有身，诞始祖（即雍顺）于此。及定三姓（今黑龙江依兰县）之乱，为贝勒（满人贵族称号），居于鄂多哩城，建国曰满洲"。这样，生而不凡的雍顺也就成为大清帝国的始祖了，鄂多哩城也就自然成为大清帝国的发祥地了。天女吞朱果生雍顺的神话故事，至今仍在长白山一带民间流传着，为布库哩山下的布勒瑚哩池平添了无限的诗情画意。

第二类巡幸：有诗一首，记叙清圣祖康熙和清高宗乾隆共七次临幸东北秋猎情况。

第三类天文：有诗一首，记叙吉林日出的壮观。

第四类舆地：有诗二十六首，记叙吉林历代沿革情况和吉林山川城池的状貌。前者数量不多，其文献价值甚高，可作省志读；后者是诗中的精华，可作纪事诗读。

关于记叙长白山的诗，有《长白山》二首。诗如下：

山名果勒敏珊延，音共阿林国语诠。
虎踞龙蟠争启运，五峰围绕百泉旋。

龙形起伏象非凡，天作高山古不咸。
放海至青为泰岳，东来紫气贯秦函。

第一首诗记叙长白山天池周围有五峰环绕，形似虎踞龙蟠；山下有百泉争流，声类龙吟虎啸。第二首诗记叙长白山山脉，上连泰山，下贯秦函，形成了龙形起伏的非凡景象。两首诗均以磅礴气势记叙了长白山的壮伟。

记叙江湖的诗有《三江水》和《兴凯湖》。诗如下：

鸭绿图们派别双，穷源更有混同江。
四千里路回环绕，万古长流控海邦。

兴凯平湖似洞庭，珠流璇折想渊停。
两旁农业中渔业，任作鸥乡与鹭汀。

《三江水》一诗记叙三江水皆发源于长白山，西南流入海者为鸭绿江，东南流入海者为图们江，北流入海者为混同江（即今之松花江）。三江水汪洋浩瀚，环绕四千余里，在吉林大地上"万古长流"，为吉林人民造福。《兴凯湖》一诗记叙兴凯湖周围八百余里，可与洞庭相比，既是各种珍禽异鸟的理想的自然保护区，又可用来发展农业和渔业。两首诗的基点均着眼于江湖的开发利用，这是难能可贵的。

关于城池的纪事诗，有《船厂》二首和《宁古塔城》。《船厂》二首对我们了解吉林的过去，提供了历史的依据。诗如下：

> 国初设厂傍江沿，曾命章京代造船。
> 败板锈钉穿井得，追思明季督工年。
>
> 山映夕阳分五色，水流明月荡重光。
> 门前即是西湖景，船厂天然辟暑乡。

前首诗纪叙吉林古称船厂的历史。据《吉林外纪》载，清顺治十五年（1658年）在吉林临江门以西设船厂，位于松花江北岸。清顺治十八年（1661年）曾命宁古塔昂邦章京沙尔虎达代造船只，准备用来攻打罗刹（指帝俄）。又据《柳边纪略》载，清时吉林未设船厂前，曾穿井得败船板和锈铁钉，证明吉林造船是始于明代永乐年间，距今已有五百八十余年的历史。后首诗记叙船厂依山傍水，山明水秀，可比西湖，是盛夏季节理想的避暑胜地。

《宁古塔城》也是一首出色的城池纪事诗：

> 绥芬城郭亦临江，石壁松枫拱旧邦。
> 红杏白梨花掩映，鳊肥时听卖鱼腔。

绥芬治城郭指宁古塔城。南门临江。西门外三里许，有石壁高数千仞，名鸡林哈达。城周围，古木苍松，横生倒插；白梨红杏，掩映参差。端午季节，芍药盛开；入秋时期，枫树经霜，丹林射日。其环境之美，令人陶醉。"鳊肥时听卖鱼腔"，在览观城池四周美景之际，又唤起人们食鱼的欲望。这首诗的感染力是很强烈的，跨越了时间的限制。

第五类岁时（附风俗），有诗四十二首，记叙吉林地方岁时乡风民俗。这一类诗，地方色彩浓重，散发着诱人的乡土气息，被时人誉为吉林"豳风"⑧，是符合实际情况的。

关于吉林地方岁时纪事诗，作者是以"鞭爆声喧献岁辰，米儿酒饮瓮头春"《元旦》诗领起的；接着写《上元节》"鱼龙曼衍夜张灯，雪月交辉淑景增"；写《龙抬头节》（旧历二月二）"龙头抬日猪头荐，春饼登盘列绮筵"；写《清明节》"节届清明祭品丰，坟头争压楮钱红"；写《盲人会》"玄天岭下共停骖，有瞽齐来酿饮甘"；写《北山庙会》（旧历四月二十八）"士女如云北岭趋，药王庙购纸葫芦"；写《端阳节》"艾虎风生燕尾臀，彩丝竹帚缎荷包"；写《乞巧节》（旧历七月七）"今夜针楼同乞巧，蛛丝穿处巧谁多"；写《中元节》"中元灯异上元形，会启盂兰灿若星"；写《中秋节》"中秋鲜果列晶盘，饼样圆分桂魄寒"；写《重阳节》"重阳佳节各登高，面合糖酥制菊糕"；写《过小年》"祀灶糖糕并酒肴，新年未到小年交"；一直写到《除夕守岁》"梅花未放雪花飘，迎春送腊是今宵"。沈兆禔的岁时诗，一首首都极有特色，有情有景，情景交融，宛如一幅幅生动别致的风俗画，给人们一种美的享受。试以《上元节》和《中元节》二诗为例，介绍如下：

> 鱼龙曼衍夜张灯，雪月交辉淑景增。
> 联袂踏歌归兴好，脱除晦气应休征。
>
> 中元灯异上元形，会启盂兰灿若星。
> 万朵荷花照秋水，可同佛火烛幽冥。

《上元节》记叙元宵夜晚，大街小巷张灯结彩，"鱼龙"和"曼衍"各种百戏节目拥向街头。在雪月交相辉映下，观灯的人们手挽着手，成群结队，边歌边舞，尽情地放纵他们的欢乐。只有在这时，什么倒霉，什么晦气，早抛之九霄云外了，人们已沉浸在节日的欢歌笑语的气氛中。《中元节》记叙七月十五日夜晚作盂兰会的情景。中元节的灯和上元节的灯，在形状上各有不同，前者以龙灯取胜，后者以荷灯为佳。中元节夜晚，山上遍置灯火，其光灿若列星璀璨；江中船载荷灯顺流而下，其灯映照着明净的秋水，恍如万朵荷花浮于水面，其景壮观非凡。山上灯火、江中荷灯，汇同"佛火"（佛光）

一起，遍照了人间昏暗的角落，寄托着人们对光明的热烈追求。

关于吉林地方特有的乡风民俗纪事诗，又为我们了解吉林过去的风土人情开了眼界。如婚嫁是"帕首登舆抱宝瓶，马鞍跨后入门庭"；育婴是"车摇不定挽兼推，土语声声巴不力"；童戏是"荆矢榆弓装雉羽，童年好武气飞扬"；待客是"鸡黍留宾共进筋，客行千里不赍粮"。此外，还有信神的风俗，如庭前植木为神，室内供奉无字神牌和跳神祈福等。

第六类职官，有诗八十二首，从公署、民政司、交涉司、提法司、提学司、度支司，劝业道、巡道、府厅州县、旗务处、蒙务处、军政等十几个方面记叙清政府官员的职权范围，其文献价值很高，为研究清代职官提供了翔实资料。

在此类诗中，有两首诗值得注意，一是《改筑衙斋》，二是《缔成商会》，对了解吉林城市发展历史有着一定的认识作用。诗如下：

改筑衙斋式不侔，江干楼阁亦兴修。
纵横马路平如砥，歌舞升平乐未休。

缔成商会辟商场，多设公司局势张。
海外华侨心祖国，投资招股遍南洋。

《改筑衙斋》一诗记叙吉林的城市建设是从"改筑衙斋"开始的，所改筑的衙斋，其外观造型又各具特色，多以仿洋为主。最有代表性的是兴修在临江门附近的三江会馆和松江第一楼。此外又修建了纵横交错"平如砥"的马路。由于城市建设和发展，也就为社会带来了"乐未休"的歌舞升平局面。《缔成商会》一诗记叙了城市发展同开辟商业市场、建立各种公司和引进外资分不开的历史事实。诗中深刻地表述了海外赤子的爱国之心。他们虽身居海外，却一心盼着祖国富强。吉林自宣统年间开辟商埠以来，这些海外赤子纷纷来吉开设各种公司，有酿酒公司、玻璃公司、农产公司，以及实业有限公司等等。由于各种公司的开设，吉林的贸易局势也就为之振兴，素有"水旱码头"之称的吉林，由此也就驰名于海外。

第七类人物，有诗二首，记叙从金到清，吉林人才济济情况。

第八类金石，有诗二首，一记大金得胜陀碑情况，一记铜印和金镜的来历。

第九类物产，有诗二十六首，记叙吉林地方的各种物产不但丰富，而且其中有的物产已成为稀世之宝。

最为人们熟知的物产——关东三宝（人参、貂皮、乌拉草），是吉林的特产。作者对三宝的记叙，多侧重其特殊功用，非他物所可比拟。如《貂皮》一诗，指出貂皮于严冬服之，得风更暖，着水不濡，点雪即消等特殊功用。除"三宝"外，作者在此类诗中还记载了很多鲜为人知的各种物产，诸如"宋瓦真堪作砚铭，临池经好写黄庭"的松花玉；"光大圆均五色珠，媚川应月瑞潜符"的东珠；"体具八端枝十二，叶茎各异胜庄椿"的瑞树；"干直枝齐九丈高，诏封神木主恩叨"的神木；"朽木中宵自放光，安春香共竹根香"的奇树；"玉爪名鹰贡久停，每罗纯白献天庭"的海东青；"雕翅如轮击力强，火眸铁爪喙钩长"的皂雕，等等。这些物产，其价值远在"关东三宝"之上，其中有的今已绝迹。

第十类杂俎，有诗十九首，大都是无类可归的诗，如《百花公主》：

点将台高映夕阳，城留乌拉阅沧桑。
百花公主今何在？树影犹疑艳帜张。

这首诗记叙了百花公主当年在乌拉街点将台点将的英姿。尽管百花公主其人不详，但"树影犹疑艳帜张"一句，也就十分传神地把百花公主昔年点将和布阵的情景烘托了出来，令人油生敬意。

三

沈兆禔的《吉林纪事诗》不仅内容丰富，而且特点也极为鲜明：一是强烈的时代精神；二是浓厚的地方色彩；三是韵协言顺的语言风格。

《吉林纪事诗》作于一九一〇年到一九一一年。这时的清王朝已非盛世，正处于帝国主义列强包围之中。特别是，同沙俄接壤的吉林边陲，时刻都要受沙俄的威胁和侵略。在《吉林纪事诗》第四类"舆地"纪事诗中，就多处记载和揭露了沙俄政府无视中俄边界界约、经常凿毁和移动界碑、不断蚕食中国领土、得寸进尺的强盗行径。神圣领土不容侵犯，就成为纪事诗的一个极为重要内容。时人评说："是编于国界边防极其留意，岂寻常之《竹枝词》

比哉！"⑨其评价是中肯的。当时国界和边防一直是爱国人士最为关注的大事。沈兆禔站在爱国人士行列中大声疾呼："嗟乎！介两强（日俄）之疆场，固围（巩固边境）即以销萌（消除敌人侵略之念），抚七部之山河（指吉林），图存莫如求治。"⑩这种关心国家安危的精神，是永远值得后人敬重的。

"图存莫如求治"，这是沈兆禔《吉林纪事诗》第六类职官纪事诗所表现的一个根本思想。这个思想非常可贵。"存"和"治"二者是不可分割的统一整体，"存"离不开"治"，只有"治"才能"存"，如果离开了"治"，就国家而言，就是任人宰割，就是亡国。沈兆禔的这个思想，在当时是有着强烈针对性的，目的在于唤起清政府官员的觉醒，希图他们能面对清王朝内忧外患的现实，以国家利益为重，奋发图强。为此，在"职官"类纪事诗中，沈兆禔对政府各机关又提出了很多改革性建议。这些建议非常宝贵，时人评说："任举一端，皆足以臻上理。采其屯田之法，则可以谋生聚；用其实业之谭，则可以兴工艺。"⑪可惜，其建议再好也只能付之流水；不过，他的这种忧国忧民的精神是符合时代要求的，是时代精神的光辉体现。

《吉林纪事诗》具有浓厚的地方色彩，这个特点贯穿从"发祥"到"杂俎"十类纪事诗的始终，其中尤以"岁时""物产"二类为最突出。如《称呼》一诗：

> 阿马葛娘尊父母，烘多兄弟语堪征。
> 爱根对待义而汉，夫妇非徒哈赫称。

这首诗记叙了宁古塔一带人们对父母、兄弟、丈夫、妻子、男人和女人等各种不同的称谓，乡土味儿极浓。他们称爸爸谓"阿马"；称妈妈谓"葛娘"；称哥哥谓"烘"；称弟弟谓"多"；妻子称丈夫谓"爱根"；丈夫称妻子谓"义而汉"；称男人谓"哈哈"；称女人谓"赫赫"。

《吉林纪事诗》的地方特色十分鲜明，被誉为吉林"豳风"是当之无愧的，在乡土文学中应该占有一席之位。

《吉林纪事诗》的第三个特点是韵协言顺的口语风格。沈兆禔的二百余首纪事诗全是采用七言绝句的形式、很像民间歌谣，押韵只求二、四句相叶，清规戒律甚少。沈兆禔运用语言在表现各种事物上，均已达到了炉火纯青的地步，形成了自己的语言特色。所以，有些诗至今读起来，还很新鲜，还很活泼，具有一种感人的魅力。

总之，沈兆禔其人其诗不应该被埋没。其人，可堪称赞;其诗，更该流传。究竟是“人以文传”，还是“文以人传”，对沈兆禔来说，二者可以得兼。

**注：**

⑥⑦：陈培龙《吉林纪事诗》序

①⑨：曹廷杰《吉林纪事诗》序

②③④⑤沈兆禔《吉林纪事诗》后序

⑧张瀛《吉林纪事诗》序

⑩沈兆禔《吉林纪事诗》自序

⑪ 刘国祯《吉林纪事诗》序

**附记：**

本书由李亚超副教授校点整理，经周克让、罗节文、蒙秉书等先生审校，李亚超、郭殿忱同志编辑，最后由李澍田教授审定。

一九八八年十月

# 《长白丛书》序

　　吉林师范学院李澍田同志，悉心钻研历史，关心乡邦文献，于教学之余，搜罗有关吉林的书刊，上自古代，下迄辛亥，编为《长白丛书》，征序于予，辞不获命。爰缀予所知者书于简端曰：

　　昔孔子有言："夏礼吾能言之，杞不足征也。殷礼吾能言之，宋不足征也。文献不足故也，足，则吾能征之矣。"朱熹《四书章句集注·论语集注》以为："文，典籍也。献，贤也。"这是因为文献对于历史研究相辅相成，缺乏必要的文献，历史研究便无从措手。古代文献，如十三经、二十四史之属，久已风行海内外，家传户诵，不虞其失坠，而近代文献往往不易保存。清代学者章学诚对此曾大声疾呼，唤起人们的注意，于其名著《文史通义》中曾详言之。然而，保存文献并不如想象那么容易。贵远贱近，习俗移人，不以为意，随手散弃者有之。保管不善，毁于水火，遭老鼠"批判"者有之。而最大损失仍与政治原因有关。自清朝末叶以来，吉林困厄极矣，强邻环伺，国土日蹙，先有日、俄帝国主义战争，继有军阀割据，九一八事变后，又有敌伪十四年统治，国土沦亡，生民憔悴。在政权更迭之际，人民或不免于屠刀，图书文物更随时有遭毁弃和掠夺命运。时至今日，清代文书档案几如凤毛麟角，九一八事变以前书刊也极为罕见。大抵有关抨击时政者最先毁弃，有关时事者则几无孑遗。欲求民国以来一份完整无缺地方报纸已不可能，遑论其他。

　　中华人民共和国成立以来，百废俱兴，文教事业空前发展。而中经十年浩劫，公私图书蒙受极大损失，断简残篇难以拾缀。吉林市旧家藏书，"文革"期间遭到洗劫，损失尤重。粉碎"四人帮"后，祖国复兴，文运欣欣向荣，在拨乱反正的号召下，由陈云同志领导，大张旗鼓，整理古籍，一反民族虚无主义积习，尊重祖国悠久文化传统，为振兴中华，提供历史借鉴。值此大好时机，李澍田同志以一片爱国爱乡的赤子之心，广泛搜求有关吉林之文史图书，不辞劳苦，历访东北各图书馆，并远走京沪各地，仆仆风尘，调查访问，即书而求人，因人而求书，在短短几年期间，得书逾千，经过仔细筛选，择其代表性者三百种，编为《长白丛书》。盖清代中叶以来，吉林省疆域迭有变迁，而长白山钟灵毓秀，巍然耸立，为吉林名山，从历史上看，不咸山于《山海经·大

1

荒北经》中也有明确记录，把长白山当作吉林的象征，这是合情合理的。

丛书中所收著作，以清人作品为最多，范围极其广泛，自史书、方志、游记、档案、家谱以下，又有各家别集、总集之属。为网罗散佚，在宋、辽、金以迄明代的著作之外，又以文献征存、史志辑佚、金石碑传补其不足，取精用宏，包罗万象，可以说是吉林文献的总汇。对于保存文献，具有重大贡献。

回忆酝酿编余之际，李澍田同志奔走呼号，独立支撑，在无人、无钱的条件下，邀集吉长各地的中青年同志，乃至吉林的一些老同志，群策群力，分工合作，众志成城，大业克举。在整理文献的过程中，摸索出一套先进经验，培养出一支坚强队伍。这也是有志者事竟成的一个范例。

我与李澍田同志相处有年，编订此书之际，澍田同志虚怀若谷，对于书刊的搜求，目录的选定，多次征求意见。今当是书即将问世之际，深喜乡邦文献可以不再失坠，故敢借此机会聊述所怀。殷切希望读此书者，要从祖国的悲惨往事中，培养爱国家、爱乡土的心情，激发斗志，为四化多作贡献。也殷切希望读此书者能够体会到保存文献之不易，使焚琴煮鹤的蠢事不要重演。

当然，有关吉林的文献并不以汉文书刊为限，在清代一朝就有大量的满、蒙文的档案和图书，此外又有俄、日、英、美各国的档案和专著，如能组织人力，有计划、有步骤地进行整理，提要钩玄勒成专著，先整理一部分，然后逐渐扩大，这也是不朽的盛业，李君其有意乎？

吉林　陈连庆　谨序
一九八六年五月一日

# 目 录

# 凡　例

豫章沈兆褆是钧平氏著并注　男世廉世康校勘

一、史以纪事，兼以纪言，诗之为道，何莫不然。在昔少陵，曾称诗史，景仰唐贤，学焉未逮。兹分十类，汇集一编。首纪发祥，次纪巡幸，尊王也。三纪天文，四纪舆地，五纪岁时，附以风俗，定方位，明沿革，识风土也。六纪职官，稽旧章，考新制也。七纪人物，志英贤，存勋旧也。八纪金石，九纪物产，搜古器，征土物也。十纪杂俎，又所以拾遗而补阙也。出以抉扬，取便讽诵，加之笺释，以省检查。

一、诗及小注，取材经史，旁征子集，百数十种。邸抄通志、报告、政书、官私报章，分别采择。惟通志告成光绪中业，官报创始宣统初元，中十余年，书缺有间，法令政要，搜以补之，名家言论，亦资互证。

一、宦绩一门，不复另立。分筹宪政，岁见奏章，职掌所关，经猷斯著。惟善政日新，势难期限。油印之本，截至去秋。现因排印，量登重要。

一、署局处所，旧制新章，各有内容，外观难悉。且非公事，未便调查，仅就所知，纪其梗概。略成拙稿，分送吟坛，题词赐序，乞自名公，纠谬绳愆，望诸同志。笺注既多，容或讹漏，倘须添改，祈各函知。若赐题跋，亦希寄示，当为登录，借以流传。

一、交涉军政，多守秘密。特别机宜，时未宣布。普通文件，则已通行。经政所系，未便阙如。各纪大端，以见规制。

一、抬写之处，限于篇幅。诗则照抬，注惟空格，以寓敬意，免占多行。应偏应小，刷印易糊，刻书通例，在所不拘，大字直书，庶较清晰。

一、山川疆域，非图不明。沿革变通，非表不备。仿诸裴秀，经直纬横，本之史迁，旁行斜上。地理官制，始有所稽。列于简端，以醒眉目。

# 吉林全省疆域职官简明一览表

| 地名沿革 | 方位里数 | 设治年月 |
|---|---|---|
| **吉林省** 谨案：吉林为我朝龙兴地，于三代为肃慎，历汉魏唐宋为元(玄)菟、为勿吉、为渤海女真。辽为涑通、宾、湖、渤、胜、和、祥、宁江、长春等州，率宾、黄龙等府，长白、辉发、博罗满达勒、乌舍、铁骊、鞑靼五国伯哩等部及安定国，金为海兰、率宾、呼尔哈、咸平等路，肇州、隆州、泰州。元为开元、咸平、硕达勒达等路及合兰府，均跨有全省。明季初年为讷儿干都司，领卫所一百余，后分东半为野人、建州等卫，西半为海西卫之叶赫、辉发、乌拉等部，皆郡国杂建之制。国初，则极诸东海，咸隶版图，幅员为最广。咸丰八年，与俄定爱珲之约，划乌苏里江为界，沿海数千里遂非我有。十一年划界，定北京之约，暂以图们江口为界，又让地数千里。以今之疆界言，东界乌苏里江，与俄之东海滨省邻。西界威远堡边门，迤西即奉天之开原县境。南界图们江，为朝鲜北咸镜道。北界以松花江为吉江两省之限。东南至长岭子界牌，旧为金之率宾路。西南划自长白山之老龙岗，与奉天之长白、海龙二府接壤。东北至乌苏里、混同两江口，邻俄之阿穆尔省。西北接奉天之昌图、洮南二府，即内蒙古哲里木盟。东西广二千四百里，南北袤一千八百里。光绪三十三年春改建行省以来，历次升改析并，截至宣统二年冬，计府十一，直隶州一，直隶厅同知一，抚民同知一，分防同知二，抚民通判一，州一，设治州一，缓设州一，县十三，设治县五，缓设县二，分防州同一，分防府经历一，分防巡检三，分防主簿一，分辖于西南、西北、东南、东北四路道。此外尚有府经历兼司狱四，巡检兼司狱十二，吏目一，典史一，教授三，教谕三，训导六，提法司管狱官一，度支司管库官一。 | 京东二千三百一十里，奉天东八百里。北极高四十三度四十七分，距顺天北纬三度五十二分，偏顺天东经三十度零二十七分，距英国格林威治测验所世界中线东经一百二十七度三十二分。 | 光绪三十三年三月<br><br>**总督** 钦差大臣、陆军部尚书衔、都察院都御史、会办、盐政大臣、总督东三省兼管三省将军事务，管奉天巡抚事。秩正二品。驻奉天省城。养廉银三万两。公费银六万两。光绪三十三年裁将军改设。<br><br>**巡抚** 钦命陆军部侍郎衔、都察院副都御史、会办、盐政大臣衔兼副都统衔，巡抚吉林等处地方。秩从二品。驻吉林省城。养廉银一万五千两。公费银三万六千两。光绪三十三年裁将军改设。<br><br>**民政司** 吉林民政使司民政使。秩从二品。驻省城。养廉银八千两，公费银一万四千四百两。光绪三十三年四月奏设。<br><br>**交涉司** 吉林交涉使司交涉使。秩正三品。驻省城。养廉银六千两，公费银一万二千两。光绪三十三年四月奏设。<br><br>**提法司** 吉林提法使司提法使。秩正三品。驻省城。养廉银六千两，公费银一万二千两。光绪三十二年奏设。又三十三年四月奏设各级审判检察等厅。厅丞、厅长以下各官，迄今尚未设齐。又有管狱官一。<br><br>**提学司** 吉林提学使司提学使。秩正三品。养廉银四千两，公费银一万二千两。光绪三十二年奏设。<br><br>**度支司** 吉林度支使司度支使。秩从三品。驻省城。养廉银六千两，公费银二万四千两。光绪三十三年四月奏设。有管库官一。<br><br>**劝业道** 吉林劝业道。秩正四品。驻省城。养廉银三千两，公费银九千六百两。光绪三十三年裁吉林分巡吉阿伯道兼按察使衔缺，奏请改设。 |

| 地名沿革 | 方位里数 | 设治年月 |
|---|---|---|
| 西南路　巡道。驻长春。辖两府、一直隶州、一州、七县。 | 京东二千零七十里，省西二百四千里。距北极高四十三度四十六分，距吉林南纬一分，距顺天北纬三度五十一分，偏吉林西经一度四十九分，偏顺天东经八度三十八分，距英国格林威治测验所世界中线一百二十五度四十三分。 | 西南路道　分巡吉林西南路兵备道兼管长春关税，加参领衔。秩正四品。养廉银三千两，公费银一万二千两。光绪三十三年设长春道，宣统元年奏改今名。二年春经部覆准。 |
| 吉林府　原名永吉州。以理事同知升改。东界敦化，西界双阳，南界桦甸，北界舒兰。 | 省城。 | 知府。秩从四品，余仿此。光绪八年。 |
| 濛江州　由吉林之濛江分，设治珠子河。北岸濛江口，东界奉天之抚松，西界奉天之辉南、通化，南界奉天之临江，北界桦甸。 | 省西南三百六十里。 | 知州，秩从五品，余仿此。光绪三十三年。 |
| 磐石县　以磨盘山得名。治永安屯。东界濛江，西界伊通，南界桦甸及奉天之海龙，北界吉林、长春。 | 省西南三百五十里。 | 知县，秩正七品，余仿此。光绪二十八年。 |
| 桦甸县　本名桦皮甸子。原勘县治在桦树林，现移驻官街。系析吉林、磐石、敦化县地添设。东界敦化及奉天之安图，西界磐石，南界延吉，北界吉林及长春。 | 省东南二百七十里。 | 知县。光绪三十四年。 |
| 舒兰县　由吉林之舒兰站分设。东界五常，西界磐石，南界吉林，北界德惠。 | 省北一百一十里。 | 设治委员。宣统元年。 |
| 双阳县　由吉林之双阳河分设。东界吉林，西界伊通，南界磐石，北界吉林。 | 省西二百里。 | 知县。宣统二年。 |
| 伊通直隶州　以伊通河得名。光绪八年由分防巡检升州，宣统元年升直隶州。又州西迤北九十五里，赫尔苏边门设有分防州同。计州境东界磐石，西界蒙古郭尔罗斯前旗，南界奉天之西丰，北界长春。 | 省西南二百八十里。 | 直隶州知州，秩正五品，余仿此。宣统元年。<br><br>赫尔苏分防州同。光绪二十八年。 |
| 长春府　治宽城。借蒙古郭尔罗斯前旗地设治，由抚民通判升改。东界吉林，西界奉天之怀德，南界伊通，北界德惠。 | 省西二百四十里。 | 知府。光绪十五年。 |

吉林纪事诗

| 地名沿革 | 方位里数 | 设治年月 |
|---|---|---|
| 农安县　由长春之农安分防照磨升改，即辽金之黄龙府治。东界榆树，西界长岭，南界长春、新城，北界长岭及郭尔罗斯前旗。 | 省西北二百八十里。 | 知县。光绪十五年。 |
| 德惠县　治大房身。在长春北二百二十里，由长春之怀德、沐惠二乡及夹荒地分设。东界松花江，西界伊通河，南界长春，北界伊通河。 | 省西北三百六十里。 | 知县。宣统二年。 |
| 长岭县　原名长岭子，由农安及续放蒙荒地分设。又县南新安镇先设有分防主簿。计县境东界农安，西界郭尔罗斯前旗，南界奉天之奉化，北界新城。 | 省西五百一十里。 | 知县。光绪三十三年。<br><br>新安镇分防主簿。光绪三十年。 |
| 西北路　巡道。驻哈尔滨俄暂租界及滨江厅，辖四府、一直隶厅、一厅、两县。 | 京东二千八百数十里，省北五百八十里。距北极高四十五度五十二分，距吉林北纬二度二十二分，距顺天北纬六度十四分，偏吉林东经一十一度五分，距英国格林威治测验所世界中线一百二十八度十分。 | 西北路道　分巡吉林，西北路兵备道兼管滨江关税及商埠、交涉事宜，加参领衔。秩正四品。宣统元年设滨江道，旋奏改今名。二年春经部覆准。 |
| 滨江厅　本双城府地。光绪三十三年设江防厅，宣统元年改分防。所辖傅家甸、四家子两处，地面不足十里，议益以双城、阿城之地，至今尚未划定。东界四家子，西界俄暂租界之粮台，南界秦家岗铁路旁，北界松花江岸。 | 省北五百八十里。 | 分防同知。宣统元年。 |
| 双城府　本阿勒楚喀地，原名双城子。光绪八年由分防巡检升改抚民通判，今由厅升府。又府东一百里拉林城，设有分防巡检。计府境东界宾州，西界新城，南界榆树，北界松花江。 | 省北四百里。 | 知府。宣统元年。<br><br>拉林分防巡检。光绪年间。 |
| 新城府　治伯都讷。雍正四年设长宁县，乾隆元年裁并归永吉州，二年设州同，十二年裁改巡检，二十六年裁改办理蒙古事务主事，嘉庆十五年裁理事同知，添设巡检二员分驻伯都讷、孤榆树，光绪三年厅治移驻孤榆树，八年改抚民同知。今由厅升府，还治伯都讷。 | 省西北六十里。 | 知府。光绪三十三年。 |

| 地名沿革 | 方位里数 | 设治年月 |
|---|---|---|
| **榆树直隶厅** 原名孤榆树屯，设有分防巡检。光绪八年改伯都讷理事同知为抚民同知，移驻于此，而移分防巡检于伯都讷。光绪三十一年升改新城府，还治伯都讷，而以此设榆树县，今升直隶厅。东界五常，西界新城、松花江、长春，南界吉林，北界双城。 | 省西北二百七十里。 | 同知。宣统元年。 |
| **五常府** 治五常堡属之欢喜岭。光绪八年设抚民同知，并于厅南六十里设山河屯分防府经历，西九十里设蓝彩桥分防巡检。计府境东界长寿，西界榆树，南界舒兰，北界宾州。 | 省东北三百六十里。 | 知府。宣统元年。<br><br>山河屯分防府经历。光绪八年。<br><br>蓝彩桥分防巡检。光绪八年。 |
| **宾州府** 原名苇子沟。光绪八年设抚民同知，今由厅升府。东界方正、长寿，西界阿城、双城，南界五常，北界松花江。 | 省东北六百零五里。 | 知府。宣统元年。 |
| **长寿县** 由宾州烧锅甸子分防巡检升改。东界宁安、方正，西界双城、阿城，南界围场、五常，北界宾州。 | 省东北八百四十里。 | 知县。光绪二十八年。 |
| **阿城县** 本阿勒楚喀地，金之按出虎水也，俗名阿什河。治红旗屯，离古白城二里。东界宾州、西界滨江，南界双城，北界黑龙江。 | 省东北四百四十里。 | 知县。宣统二年。 |
| **东南路** 巡道。原驻珲春，改驻延吉。辖二府、两厅、四县。又原辖穆棱一县，宣统二年八月因划界地势不便，禀准改隶东北路。 | 京东三千一百二十五里，省东南八百一十五里，距北极高四十三度十八分，距吉林南纬二十七分，距顺天北纬三度二十三分，偏吉林东经二度五十八分，偏顺天东经一十三度五分，距英国格林威治测验所世界中线一百三十度十分。 | **东南路道** 分防吉林。东南路兵备道兼管珲春、延吉等关税、边务，加参领衔。秩正四品。宣统元年设珲春兵备道，旋改今名。二年春经部覆准。 |
| **延吉府** 本珲春烟集岗地，治局子岗。光绪二十八年设延吉抚民同知，今由厅升府。东界汪清、珲春，西界敦化，南界和龙及朝鲜，北界汪清、宁安。 | 省东南八百一十五里。 | 知府。宣统元年。 |
| **珲春厅** 治珲春城，管密江站以东之地。东界图们江，西界延吉，南界图们江，北界东宁。 | 省东南一千三百里。 | 抚民同知。宣统元年。 |

吉林纪事诗

| 地名沿革 | 方位里数 | 设治年月 |
|---|---|---|
| **和龙县** 治和龙峪。由延吉南之和龙峪分防府经历升改，管图们江越垦各地。东界朝鲜之钟城、会宁等府，西界奉天之安图，南界图们江、朝鲜之茂山府，北界延吉。 | 省东南八百九十五里。 | 知县。宣统元年。 |
| **汪清县** 以汪清河得名。治汪清河南岸之哈顺站，旋移治于距延吉九十里之百草沟，而益以宁安南境之地。东界东宁、珲春，西界宁安，南界延吉，北界宁安。 | 省东一千零三十五里。 | 设治委员。宣统元年。 |
| **宁安府** 治宁古塔城，由绥芬府移驻改设。东界穆稜，西界五常，南界延吉，北界依兰。 | 省东南八百里。 | 知府。宣统二年。 |
| **东宁厅** 治三岔口，以绥芬厅升府之原驻地改设。东临瑚布图河界俄国之五站，西界临安，南界珲春，北界额穆。 | 省东一千一百九十五里。 | 分防通判。宣统元年。 |
| **敦化县** 即鄂多哩城，又名阿克敦，现建城于旧城西二里许。东界延吉，西界吉林，南界桦甸，北界额穆。 | 省东南四百八十里。 | 知县。光绪八年。 |
| **额穆县** 治敦化。原属之额木索罗站，即我朝始居鄂谟辉之野，以额穆和湖得名，系析敦化、宁安、五常之地增设。东界宁安，西界五常，南界敦化，北界宁安。 | 省东三百五十里。 | 设治委员。宣统元年。 |
| **东北路** 巡道，驻依兰。辖三府、一厅、一州、五县，又缓设一州、两县。按东南、东北两路道所辖地方，系就现在划界后酌定，故与舆地内按语本之从前奏案者稍有不同。 | 京东二千三百三十五里，省东北一千一百二十五里。距北极高四十七度二十分，距吉林南纬度四十七分，距顺天北纬七度二十五分，偏吉林东经四度一十二分，偏顺天东经一十三度二十分，距英国格林威治测验所世界中线一百二十度十分。 | **东北路道** 分巡吉林，东北路兵备道办理边务、交涉，兼管依兰等处关税，加参领衔。秩正四品。宣统元年设依兰兵备道，旋奏改今名。二年春经部覆准。 |
| **依兰府** 治三姓城。国语曰依兰喀喇。依兰，三也。喀喇，姓也。系裁都统添设。东界桦川，西界方正，南界勃利，北界松花江，江北即江省汤源。 | 省东北一千一百一十五里。 | 知府。光绪三十一年。 |

| 地名沿革 | 方位里数 | 设治年月 |
|---|---|---|
| 方正县　以方正泡得名。东界依兰，西界长寿，南界牡丹江，北界松花江，江北即江省大通。 | 省东北九百零五里。 | 知县。宣统元年。 |
| 穆棱县　治穆棱河。由宁安之穆棱河知事升改。东界东宁，西界宁安、勃利，南界宁安，北界蜜山。 | 省东北八百零十里。 | 知县。宣统元年。 |
| 桦川县　以三姓南境之桦皮川得名。初治佳木斯，现禀准迁治悦来镇，即苏苏屯。东界富锦，西界依兰，南界宝清，北界松花江，江北即江省汤源。 | 省东北一千三百六十五里。 | 设治委员。宣统元年。 |
| 勃利县　以古勃利州得名。拟治碾子河。东界宝清，西界宁安、穆棱，南界蜜山，北界依兰。未设治以前，暂归依兰府经理。 | 省东北约一千三百余里。 | 缓设。宣统元年奏设。 |
| 蜜山府　以宁古塔之蜂蜜山得名。治招垦分局。系析宁古塔及三姓地添设。东界虎林，西界穆棱，南界俄国之都鲁克，即快当壁，北界临江。 | 省东北一千二百九十里。 | 知府。光绪三十三年。 |
| 临湖县　以兴凯湖得名，明有兴凯卫。湖之西北岸属中国，东南岸属俄国。县治尚在缓设之列。大约东界湖，西界穆棱，南界湖，北界蜜山。 | 省东约一千三百里。 | 缓设。宣统元年奏设。 |
| 临江府　光绪三十一年由三姓、富克锦之拉哈苏苏设州，今升府。东界绥远，西界富锦，南界饶河，北界松花江，渡江东半为俄阿穆尔省，西半为江省兴东道治。 | 省东北一千七百八十五里。 | 知府。宣统元年。 |
| 富锦县　由富克锦分防巡检升改。东界临江，西界桦川，南界宝清，北界松花江，江北即江省汤源。 | 省东一千六百四十五里。 | 知县。宣统元年。 |
| 饶河县　以富克锦之饶力河得名，治小加级河。东界乌苏里江，西界宝清，南界虎林，北界临江。 | 省东一千九百四十里。 | 设治委员。宣统元年。 |
| 宝清州　以宝清河得名，拟治望山坡。东界临江，西界勃利，南界蜜山、饶河，北界富锦。桦川未设治以前，兰棒子山迤东，挠力河迤北归临江府经理；兰棒子山迤西、挠力河迤南归蜜山府经理。 | 省东北约一千四百余里。 | 缓设。宣统元年奏设。 |
| 虎林厅　以三姓之七虎林山得名，治呢吗口。以呢吗厅分防同知改设。东界乌苏里江，右岸为俄属，西界蜜山，南界蜜山，北界饶河。 | 省东一千五百九十五里。 | 抚民同知。宣统二年。 |
| 绥远州　治三姓乌苏里江之依力嘎。东界耶字牌与俄分界，西界临江，南界饶河，北界混同江，江左为俄阿穆尔省。 | 省东北二千零九十里。 | 设治委员。宣统元年。 |

修史之难，莫如图表，以其不可以意为之也。吉林自光绪十七年创修通志，列有图表，于疆域、职官之沿革，亦既得其大凡矣。及三十三年，改行省，设民官，郡邑之分合改移，职司之裁并增减，因地制宜，如同创始。博雅君子，欲绘一舆图，则碍于界址未清，不能就也。欲订一官志，则碍于编制未定，弗克成也。旧制新章，淆然莫辨，俟河之清，人寿几何。窃以为地界纵未划断，而四至可推测而知；官制纵未设齐，而百司可参稽而得。乃不揣固陋，截至庚戌之冬，先成地图，付诸石印，以公同好。然有图无表，仍不明晰，又荟萃群书，勉为此表。惟宣统纪元以上，文牍不全，公署政书所纪二十一属道里，按之通志及旧驿站表，已多不合，而新设各处，更无从问津。复向文报局赵刺史仙瀛乞得道里单一纸，核与通志政书驿站表，亦互有参差，又从兵备处查有前属民政司管理之文报局道里表，并谢民政司之按属调查记，彼此互较，择善而从。数月以来，略有端绪。盖吉省地方辽阔，计里本未确凿，又有官道僻路之分，并有看似迂回，而实便捷者，如附火车轮船绕道之类。故路之远近，言人人殊。然文报邮置所经，似觉较的。乃以道里单为主，而间以各书所列，参酌改定。其天度内之北极高度，及南北纬度、东西经度，除图内照绘外，亦于省城及四巡道所驻处详列焉。至其职官，建置年月，稽之记载，参以访闻，亦十得八九，汇为简明一表。其中沿革，择要入表，并散见于各诗注内。本末略具，仍恐不无讹漏。如得海内通人，随时补正，则幸甚焉。

宣统庚戌除夕豫章沈兆禔附记

# 序

　　国风十五，皆诗人纪事之作也。列国政教，雅俗正淫，靡不具是。独东土边声，不登诸籍，盖太史轺轩不及关外，而书阙有间焉。

　　吉林为肃慎古国，我朝龙兴肇迹。奄有蒙古，入主中夏，其间将才接武，史乘彪炳，虽不绝书，而墨客骚人，所至恒鲜。厥后，秋笳入集，创为新声，然羁旅牢愁，匪舆斯旨。榛芜弥望，于历代之沿革，民俗之变迁，既无文献足征，又乏歌谣可采，观风者奚所取乎？

　　豫章沈君，再沂有感于是，从公之暇，寄情吟咏，辄写胸臆。凡以吉林新设省治，庶政毕举，罗其掌故，系诸韵言，久之成帙，斐然也。夫世风递嬗，政俗随时事以兴替，不有纪述，曷风来祀。著为吉林纪事诗若干首，分别部居，详加故实。类举则情见，韵协则言顺，既有钩稽，复资群感。然则观是编者，其于政治之念，或亦油然而兴耶。若夫言逐声响，词夸丽则，又非所以。语此。

　　　　　　　　　　　　　　　宣统二年庚戌　陈昭常

# 序

　　今上登极之次年，岁在庚戌，寰海镜清，方隅砥平。余时权劝业道，篆于鸡林。豫章沈钧平大令，袖所著吉林纪事诗草就正于余。晤谈间，蔼然有儒者气象，望而知为循良之选。览诗及注，元元本本，殚见洽闻，于天文、地理、时令、风土、政事、民物暨一切之有关于吉省者，旁搜远绍，萃于一编，并考订行政舆图及简明一览表，弁诸卷首，既博且精，较宋诗纪事尤为明备，洵当世之有心人也。

　　吉林为我朝发祥地，周之邠岐，汉之丰沛，举莫能过。惟有军府，而少民官，故风气之开，视诸省稍后。光绪丁未，廷议东三省改行省置郡县，越己酉，宣统纪元，以迄于今。前后数载，云津徐制军、蒙古锡制军，相继为东督。宁州朱经帅、新会陈简帅，相继为吉抚。其间因革损益，整理而扩充之者，月异而岁不同，进步极其迅速。明良遇合，千载一时，若不发为咏歌，被之金石，使皇猷宦绩，暗焉不彰，亦士大夫之羞也。况地介两强，日俄协约，日韩合邦以来，风潮益迫，内外臣民，献策上书，谋所以自强者，皇皇焉如不及，亚圣有言，国家闲暇，及是时，明其政刑，虽大国必畏之矣。时哉勿可失。利弊兴除，百端待理，则此时为最可危之时，亦为最可幸之时也。事以诗存，又乌可以不纪。是编于国界、边防极其留意，以图们江口入海仅百余里，为吉省东南水路咽喉，本我国之领土，照约章指陈形势，订讹正误，据理实可争回，则采余昔岁所上之条陈，而撷其精要。其力主屯田，又与余近时提议不谋而合。鸿筹硕画，颂不忘规，盖词章家、考据家、实经济家也，岂寻常之竹枝词比哉。大令学宗阳明，以第一流人物高自期许，虽尝见赏于名贤，而不谐于俗，亦在于此。宦江南十稔，以廉干称，所至有惠政，卒为蜚语中伤，不克竟其所学，而归之于命，略无怨尤。今岁春夏之交，浮江渡海，走幽燕，入辽沈，远游肃慎故墟，以揽长白松花山川之胜，而寄之于诗。天殆将使之蹶而复起，楚材晋用，俾从诸君子后建立功业而有造于东陲欤？抑使之穷愁著书、俯仰今古，悲歌慷慨而徒吟出塞之篇欤？是未可知也。然网罗旧闻，敷陈新政，作陪都之掌故，其诗则可以传矣。因叙其缘起，以志欣赏云尔。

　　　　　　宣统二年仲冬月朔　枝江曹廷杰序于吉林劝业道署

# 序

唐宋以来，诗分各体，江西宗派其一也。近代作者，往往貌袭古人而又好为奇葩以斗胜，非谀言盈纸，即饰词连篇，甚或唐突叫嚣，抒写其肮脏不平之气，此作诗之两病也。其于忠厚和平之旨，一唱三叹之音，荡焉无存，遑问有合于古人否？

沈钧平明府，浙之仁和人也，占籍豫章之南昌，以名孝廉，现宰官身。曩宦吴门，权甘泉、东台等邑篆，所至有声，而抑郁不得志。今岁春夏间，出关来吉投效。予幸同舟，获亲睹其为人，敦厚温柔，笑言不苟，深有得于风人之旨趣，而预知其必工于诗，无以上二者之病也。自夏徂秋，公余之暇，辄搜讨乎鸡林之天时、地利、风土、人情与夫政治上之源流沿革，每有所得，发为咏歌，延及数月，纂成吉林纪事诗一编，分为十类，类附以按语。诗共一百八十余首，首各加注，条分缕晰，博大精深。

予诵其诗，予益重其人。诗以言志，谅哉！昔人谓山谷作诗，用工深刻，驾东坡而上之，故成为江西宗派，公殆祖尚山谷而得其绪余者欤！是编也，务其质以著其文，举其大不遗其细，且缀以图表，考订精详，可作纪事诗读，亦可作省志读。适油印成，爰为缀叙概略，以志钦佩云。

宣统二年冬十月　楚北陈培龙序于吉林兵备处

# 序

　　白云暧天，黑水柂地，灌莽无际，惊沙坐飞，亦尝准析，木睨不咸。上溯稷慎、肃慎通贡之初，下考玄菟、渤海置郡以后，抚大祚荣勿汗河滨之域，询阿骨打拉林江上之师，见夫挹娄九梯，但长秋草；勿吉七部，一片斜阳。白雁何之，黄龙不见，悠悠终古，茫茫此愁。于斯时也，则欲发孟坚之幽情，激明远之长啸。既而溯朱果钟祥之地，披翠华宣德之章。五峰指处，长白山高；二水环来，牡丹江涧。白鱼瑞涌，紫鹭和鸣。粟末千湾，云护雌雄之箭；昆仑万仞，天高尧舜之台。于斯时也，则欲哦邠原嶽之诗，揽丰沛风云之气。逮夫索伦旧壤，罗刹相侵，箕子遗封，檀君勿祀。十日并出，五星无光。铁道霆逝，金瓯扬骇。神明之陕，魑魅昼行。峥嵘之馗，魁虎昏见。犬戎外逼，蛾贼内侵。河山一角蜗争，城郭千年鹤化。于斯时也，则有新亭之感，伊川之嗟。要之华实之毛，厥为上腴；襟带之阻，所谓天府。迩者皇绪新，帝纮廓，补绽沃壤，枝柱邪倾。域分采刘向之言，风俗条朱赣之略，蹑秦人耕战之利，究汉氏实边之策。文公作邑，并重工商；勾践雪仇，首谋生聚。万目星举，一心风行。文垂日虹，武扫氛雾。于斯时也，则疏窦俨六纲，以期致理；推张昭八审，为念保邦。特是方罫四隅，华离其黑白，杂组五色，纠错其玄黄。闻见儵池，今昔旭卉，求其缣综百祀，囊括群有。辟诗学之门津，作史家之志乘。往往水端莫测，宙合难穷，而沈君钧平吉林纪事诗出焉。君手握赤珠，口吞丹篆，小万卷为号，大九州能谈。元结能文，恩之一第；昌国应举，成有百篇。凤挺应刘之声，出闸蒲密之化。莱庭柏植，潘县花开。五十绝，戚太和谕民之诗；三万户，傅山阴理繁之略。然吕乂之治，虽首诸城；而庞统之才，岂惟百里。近且远游冠好，短后衣轻，发轫翼轸之墟，结辔尾箕之野。望南云兮渺渺，犯朔雪兮霏霏。咽秋风于杨柳笛中，伫夜月于莲花幕里。骋书生之笔舌，参上将之韬钤。时则大旗日落，万马无声，古木飙寒，一鹗欲起，盾鼻磨墨，弩牙发机。胸罗破阵之图，翰洒洗兵之雨。曲鸣枫鼓，砚借须弥。七层支白傅之陶瓶，十手佐苏公之笔录，得诗二百数首，笺注十万余言，胪列十门，都为一集。临淮壁垒为之生新，塞上旄支因而增色。厥制斯为盛矣，其长可得言焉。

闻之美物者，贵依其本；赞事者，宜据其实。玉卮无当，虽宝非用，侈言无验，虽丽非经。甘泉玉树青葱，上林卢橘夏熟。藻饰乖所，昔贤讥之。君则黄神授策，白阜陈图，味剖今腴，藻披古艳，著虞书之任土作贡，慎周易之辨物居方，直使读七月之诗，如睹幽风，引三闾之辞；可知楚宝，其可贵者一也。至若落梅骢马，迢遥陇上之章；低首牛羊，敕勒军中之句。铙歌朱鹭，乐府黄獐。大漠烟圆，孤城月小。川原气凛，王仲宣慷慨从戎；鼓角声悲，杜子美流连出塞。要皆噍杀之音多，发扬之致少，羁寄之情长，润色之兴短。君则仰瞩高山之奠，俯察区陬之廓，识大识小，知古知今。语其矜贵，明堂清庙之歌；迹彼渊通，古镜空潭之照，其可贵者二也。土夫木伯，奇虽振而正诡；子虚乌有，文以艳而用寡。君则以茂先之博，兼公彦之勤。孝绰之集，数十万言；夷吾所知，七十二代。贡俗观变，薛收采之。圣人飞翰，骋藻华核，光乎时事，而且强涩之体，无取彦伯；中和之气，得自景先。裴子野之弥纶，后进可奖；白乐天之浅切，老妪能解，其可贵者三也。在昔乌拉文连，象来易舛；朱蒙技善，鸿洞难开。望白狼，而冰雪常填；过丹凤，而音书苦断。缘黄坤之遐阻，寻墨客而寂寥。吟翰无传，方闻亦略。君则旁综载籍，肇述津委，游人于积玉之圃，照我以记事之珠。太冲之赋三都，取材方志；博望之槎万里，凿空穷边。是则墨林五言，可备阆骃之记，缥囊一咏，即注桑钦之经。方将混沌高歌，太史下采，其可贵者四也。备兹数善，已倾一时，传之四方，自堪千古。

盖马太皇之色，堕其毫端；水晶火玉之光，烛于腕下。百三郡国，次崔光之诗；十万甲兵，知范老之腹。际此五京荆棘，已没铜驼，两戒风烟，难关铁牡。范滂有澄清之志，程骏体申厚之旨，必不难，下斟谟觞，上佐揆席，借片玉碎金之质，赞熙天耀日之勋，岂仅君苗焚砚于陆机，司隶命车于张载已哉。瀛窥豹有心，雕龙无技，属承箠逯，爰伸喤引，愧乏皇甫之名，窃附子安之后，佩直当夫迷谷，粮幸有以馈贫。昔日论文，我已虚凤阁舍人之样；远方倍价，君定重鸡林宰相之金。

宣统二年岁在上章阉茂辜月榖旦 滇南张瀛序于吉林府署

# 序

国风雅颂，其体则兴赋比，其事则列国之政教风俗。诚以为诗之道，以能移易风俗为贵，实不仅抒写性情已也。是放少陵篇什，后世多称道之。

吉林为国朝龙兴重地，昔之圣德武功，今之外交内政，不有佳篇，曷昭来叶。然而寄与牢骚，无关大计。即如秋笳之惊才绝艳，究亦何补于时。豫章沈君钧平，达斯旨也，故其所为之诗，必详其故实，以抒其谠论。且复星罗棋布，以图系之，经直纬横，以表列之，用能绍盛世之元音，创诗家之奇格。盖是诗也，言体则诗，言事则史，兰亭绝唱，固俨然三百篇之遗音也，是岂小碎篇章所可同年而语哉。夫文献者，古今得失之林也。兴衰之原，强弱之故，举系于斯。谋己者以之定保守之方，谋人者以之筹进取之策。

国家大计，关系匪轻。况吉省处俄日之间，国界、边防最为紧要，文献尤不可阙耶。故吾于是诗，不嘉其言辞清丽，而嘉其提要钩玄；不嘉其音调铿锵，而嘉其衔华佩实。彼世之能诗者，盖亦多矣，或则模山范水，或则弄月吟风，非不俊逸清新，脍炙人口，然而儿女情多，风云气少，积习相靡，国遂不振。昔之齐梁陈隋，比比然矣。是则仅知为诗，而不知为有用之诗之过也，是亦乌足贵哉。风云变幻，顷刻万千，放眼神州，潮流日急，而吉林一隅，尤首当其冲。当世名公钜卿，未必无有为之志，先见之明，而时势艰难，无从着手，遂致筹边料敌，厥愿虽偿，惜是时无以贾生治安之策进者。是诗详记一邦文献，旧制新猷，分门胪列，任举一端，皆足以臻上理。采其屯田之法，则可以谋生聚，用其实业之谭，则可以兴工艺。欲要害之争回也，则约章之辨误綦详，欲边隅之巩固也，则兵力以加厚为急。天地人物，至大且赜。荟萃菁华，博而能约。读者既省钩稽之烦，益兴政治之想。倘能贯而通之，则旧日因循之习，必能一洗而空。由是而推及邻省，由是而推及内地各行省。固我边圉，奠我邦基，固将以是诗为左券也。然则是诗之作，又乌可以已耶。

呜呼，以君之才之识，若有能用之者，必能坐言起行，博我以王道，宏我以汉京，而乃屈于百里，不克竟其设施，甚或排而去之，而生平经济仅仅见之于是诗。呜呼，是固君之不幸，要亦不仅君之不幸也。虽然，古人有三不朽，太上立德，其次立功，其次立言，是诗也，立德耶，立功耶，吾不得而知之，而立言则庶几矣。由此以前，君德弗彰，君功弗显，由此以后，君名必传。且大府爱才，必能争相罗致，将见良骥腾骧，蹶而复起，又乌知其功德之不果立耶，是亦足以豪矣。吾与君同舟塞上，为忘年交，物我无间，已钦其为人，体用兼该，更佩其所学。故虽芜陋不文，而于是编也，不能不辍数语，以志景仰。世有知君者，或不河汉斯言。

宣统二年十有一月长至日　黄陂刘国祯谨序于吉林兵备处

# 序

纪事之诗，有韵之记也，骚人词客每为之。自有诗以来，直至于今，殆以都会之巍焕，古迹之留遗，山岳之雄奇，江河之迁徙，以及一邱一壑，一园一林，一市一村，一楼一刹，一境之风月，一地之烟花，一晨一夕之文酒谈谐，丝竹流连之既细且微，靡不谱为篇什，发之吟咏，以写其悲欢慨慕。感于中而不能自已于言者，果有补于天地几何哉？而后之人读之，犹俯仰想像，几不啻置身于其间。初未意，今有沈子钧平吉林纪事诗之伟作也。

吉林为国朝发祥地，内参奉黑，外迩日俄，人稀而物饶，山众而林密，天然美富，寰宇几区！朝廷特改行省置督抚以治之，谋何深，虑何远哉！

仆囊书杖剑，两赋东征，撰著无才，负兹闻见，获睹巨制，奚殊掬吾心而纳吾腹，撮吾言而入吾耳耶。纪事诗云乎哉？直志乘耳！援笔作序，则吾岂敢，中怀所触，欲阂不能。爰书数语，为天下后世读是书者，正告曰：是书也，莫作纪事之诗观，可名为吉林有韵之志乘。

宣统三年二月七日　嘉应萧亮飞雪蕉甫书于金陵傀寓之江声帆影楼

# 自 序

　　自古君臣契合，朝野感孚，本贯通中外之才，成震铄古今之业者，固由其遇为之也，然其中亦有机焉。方其机之未至也，则以富谓文诚公景铭之兴垦设官，长忠靖守其规，达将军伸其旨，初未竟其措施。及其机之既至也，则以徐锡赵之通筹并计，朱抚军虑其始，陈中丞观其成，卒以达其目的。观于吉林通塞之机，则此纪事之诗殆亦随机而动者乎。

　　国语乌拉吉林，四字连文，乌拉谓江，吉林谓沿，其仅曰吉林者，从汉文而省也。其别作鸡林者，以声音略同也。博考唐书，载鸡林贾人之事，奇搜吉志，传鸡林哈达之名。珍重佳篇，诗同金易，流连风景，语定珠穿。意其黑水骚人，富有白山诗卷。顾秋河在望，未吟神鹊之篇，春水从游，从奏天鹅之曲。尔音金玉，畴睹琳瑯。惟我皇朝，聿传御制。圣祖翠华三莅，首焕天章；高宗鸾辂四巡，旁徵土俗。舞名喜起，歌作明良，主圣臣贤，勿可及已。嗣后秋笳仅见，卷阿无闻，殆因禁地相仍，吟坛不屑。文人学士，入关多仕都门，游宦寓贤，过境视同传舍。报章偶载，或夸词写竹枝，文集无征，大概板虚梨枣。夫辇轩问俗，二南备咏雎麟；太史陈风，七月不忘蟋蟀。在此发祥之地，宁无纪实之章。

　　溯自朱果钟灵，辑绕电流虹之瑞；黄图翔运，拓降原与宅之规。由是干戈戚扬，武功竞盛，典章制度，文化覃敷。世祖克成厥勋，列圣能缵其绪。盖三省皆邦畿根本，自异寻常，而一方实王迹肇基，尤关紧要。洎乎光绪丁未，德宗采议，特颁改省之纶。次冬戊申，今上登基，重垂立宪之训。三边之因革损益，频年之筹画经营，不有赓歌，将忘原委。提半生落拓，万里闲关，近自江南，远游寒外，辩尾箕之天度，封疆轶过于营州，览辽沈之地图，国界特严于吉省。单单大岭，而太皇、盖马、长白异其称；荡荡三江，而松花、鸭绿、图门别其派。应天媲丹陵华渚，三姓早识圣人；胥宇同邠室邻居，五国共扶真主。专征而秉旄仗钺，时巡则绳武诒谋。他如楛矢石砮，贡物上稽肃慎，筚路蓝缕，肇邦爰及建州。其间辽府金京元路明卫，必识部分国别，始明棋布星罗。而且渔猎人民，进为农商时代，仿荆楚岁时之记，存金源风俗之遗。官制更新，宦途并列，边防军政，内政外交，庶绩纷陈，百端待理，则总其成者公署，而奉其令者有司。置民政司，以重地方，而行政用人，禁烟设警，均属范围。建交涉司，以联邦国，而分疆铺轨，开埠通商，皆其职掌。至司法独立，而检察审判等厅，隶于提法使。教育宏开，则普通专门诸学，辖于提学司。度支司以理财，则租赋税捐官俸军需无勿举。劝业道之富国，而农商工贾森林矿冶罔不修。有东西南北以分巡，有府厅州县以专司而守土，负其责任。有旗务蒙务以办事，有陆军防军以成镇而练兵，驯致精强。略别部居，藉觇经济。若夫建功立业，辽金汗马之臣；附翼攀鳞，丰沛从龙之彦。群英辈出，总括方宜。其女真之金碣元碑，渤海之铜章宝鉴，物稀为贵，器旧新珍。至于珠蚌金貂，珍禽贵兽，野参严木，山茧江鱼，以及花果谷蔬，昆虫鳞介，水晶火玉，宝石玻璃，金锡银镠，铅铜硝炭，棉丝所织，皮革所缝，柳草所编，树麻所绩，冶工陶工之美，木器漆器之良，约举二三，例推千百。事无可附，闻或稍迟，学临安之纪遗，取西阳之杂俎。殿诸卷末，窃比志余。目列十门，都为一集，得诗二百数首，加注十余万言。事欲其详，陋管中之窥豹；词非夸费，等博士之买驴。加之准鸟道以成图，开方计里；仿龙门而列表，纪月编年。测绘初成，调查略备。所期赓续，庶可完全，尤冀宏通补其罅漏。

　　嗟乎，介两强之疆场，固圉即以销萌；抚七部之山河，图存莫如求治。易曰：知机其神乎，未雨绸缪，履霜戒惧，亦在当轴者之审机而已。易然有感于齐言，待时乘势。盛哉，特规夫萧选，蹈德咏仁。作嚆矢之边声，望扶轮于大雅。仰虎视非常之概，云峰高踞陪都；诵鸡鸣不已之诗，风雨钦迟君子。

　　宣统三年几在辛亥夏四月谷旦　豫章沈兆褆钧平氏自序于吉林兵备处

# 题　词

虎踞龙蟠比沛丰，白山佳气郁葱茏。
降原陟巘基王跡，欲上高台溯大风。

三百年来建军府，韬戈同作太平民。
一从运会迁流极，人物衣冠次第新。

文武声名灿九边，绸缪未雨中兴年。
咨询尽入辒轩录，扬抡新成锦绣篇。

风月平章竞逞才，何如椽笔绝纤埃。
大东缔造资蓝本，志乘他年定取裁。
辛亥季春　钧平仁兄属题即正　弟吴焘

## 题吉林纪事诗次友人韵

圣武常年谁作纪，楚骚孤泪更何言。
千秋荒远龙沙塞，四壁寒凝犊鼻裈。
好句江山同入梦，出关民物几凭轩。
东隅往事稍能说①，何日相寻雪夜门。

①曩时，编辑延吉边务报告书，其山川历史交涉等类，亦颇费考订。

　　右题诗一首，客冬所作。自惭不工，故久未录出。日昨见纪事诗续印本题词已多，又承寄语索题，特捡旧稿写呈求教，乞转致令兄，可改则改之，如不可用，弃之可也，此上。
　　叔美道长兄　弟制王国琛谨呈

# 题吉林纪事诗集

出塞新声别宫徵，捵罗掌故万千言。

忧时便拟鲸翻海，入世终惭虱处裈。

尽有异闻成杂俎，欲将韵事补辖轩。

鸡林书贾如相问，争叩空山夜雨门。

奉题吉林纪事诗　张天骥

我邦肇舫，实始吉林。历祀三百，距固闭深。所主惟军，遂以军治。亦有民官，同通理事。光绪初叶，渐置府县。考献征文，书缺有间。惟十七年，奏修通志。为目十三，颇无扃义。自时厥后，外患如焚。甲午庚子，迄于甲辰。亟图拯危，乃建行省。增官设治，兴教布警。以妥强邻，以夷伏莽，以蒐军实，以蓄民养。沿革万端，令或数易，几二十年，而无载籍。沈君南来，于役督练。考功执法，在职有宴。捵讨国闻，盱衡时政。忧其不续，托诸谣咏。凡两阅月，凡成绝句，二百又四，首各为注。注辄翔核，十万余言。曰纪事诗，厥功勤焉。煌煌先哲，杜吴诗史。此其传诸，敢告司梓。

宣统二年十月　保靖瞿方梅　题于吉林法政学堂。


昔人每苦辽东谪，今日轻作吉林客。

漂泊蓬梗此天涯，拼写江山入简册。

文人大病在好奇，金母木公药不医。

毕竟古来奇胜境，半归英雄半入诗。

既济史才登仕版，熟治兵刑只手绾。

将老不忘政学心，穷边更开舆图眼。

酒酣研地怕高歌，磊落奇材抑塞多。

西堂竹枝谱海外，神京旧迹委岩阿。

传人不苟为述作，兴到笔落深寄托。

空言那如实事征，风土人情纪崖略。

我愧徒作汗漫游，古今事变逝水流。

君诗典核我浪语，悔煞掌故疏搜求。

宣统庚戌季冬　江陵邓裕鳌拜题


一官一集客题襟，文献无征感渭深。

选韵重烦家令笔，分门犹是郑樵心<sup>①</sup>。

舆图掌上螺文细②，声律行间凤德愔。
缜密温良诗替史，贡廷何必白山琛。

秋茄诗句柳边文③，何似吾宗回轶群。
为拾明玕投绝徼，方看摇笔动风云④。
良知贯彻能通俗，道统危微系属君⑤。
价重鸡林他日事，一官尘土负多闻。

奉题

①书凡四卷分十门。②附最新舆图。③吴兆骞有《秋茄集》，杨宾有《柳边纪略》。④舆地门图们江一诗，于中俄界务大有关系。⑤君宗阳明学。

钧平宗兄吉林纪事诗即希吟政  南雅弟宗琦
　　佺期旷世挺英声，剩馥残膏万众倾。
　　留取篇章光玉塞，抵将方略上金城。
　　鸡虫得失空千古，鹬蚌河山吊五京。
　　吟罢披襟望长白，寒飙万木一雕横。

　　白云如幄海如环，岁暮沧江客未还。
　　剑气一庭雪生幕，角声几处月满关。
　　布衣仗策公卿侧，斗酒题诗天地间。
　　特乞休文游好赠，鸡林求市拟香山。

　庚戌仲冬  楚黄张济川  题于孟晋斋

古今掌故尽搜罗，子建才真八斗多。
三百年来开朴陋，鸡林韵事此先河。

五色花从笔底开，天留时会待君来。
他年国史征文献，典重应推著作才。
　　　年愚弟傅锺涛拜题

龙兴遥想当年迹，虎视难消近日忧。
荆棘刺空余落照，烽烟欲静苦防秋。
不无家国添悲感，幸有文章助远猷。

3

典重材堪修史乘，襟怀千古意悠悠。

程途远走八千里，掌故近征三百年。
华国文章传信史，等身著作有新篇。
河山变色悲今古，金石溢声入管弦。
笔下龙蛇忠义气，屈原心事写江边。

黄陂刘国祯拜题

休文声价孟坚才，事事关心到草莱。
历遍吉林版图地，蒐罗一例入诗来。

足迹频烦眼界宽，十门笔底蔚奇观。
要知不是闲吟咏，试当今朝志乘看。

长白山头左右望，十年间事几沧桑。
可怜无数忧时泪，都化珠玑贮锦囊。

肥鱼浊酒记当时，数醉松花江上厄。
万种牢愁销不尽，鸡林纪事复题词。

嘉应萧亮飞拜题

海天望无际，一别动经年。
慨慷从戎日，苍凉出塞篇。
山依长白起，江与牡丹连。
外患风潮迫，陈诗当策边。

去年消夏节，为我缉诗词。
迁览江南会，知从塞上师。
家庭谈别绪，客路问归期。
大漠鸿飞远，传书到恐迟。

钧平大弟，隔别有年，去春重晤于江南，属其为余编辑倚梅阁诗词付梓。今秋挈儿女由昆陵赴江南，览劝业会，则弟已赴吉林矣。仅与弟夫人陶锦裳妹及侄辈畅谈别绪。今寄题此诗，为之怆然。

宣统庚戌冬月　适瞿韵兰姊淑英作于常州之十子街水宅


频年投笔事戎轩，邹律谁吹黍谷温。

岂有诗名同白傅，拚将幽怨讬黄门。

鹤归难认江云影，鸿踏空留塞雪痕。

万里辽天来复往，实边犹望徙民屯。


宣统二年春，重作关外之游，于役吉林督练兵备处。次夏得家电，乞假暂旋，则女儿文英，已于前一岁五月朔逝世，内子陶锦裳又于今年四月三日病殁，外孙吴蟾桂生五年矣，人极聪颖，亦于是月二十九日夭亡。骨肉凋零，百感交集，因金陵排印吉林纪事诗竣，自题一律寄意，不复计词之工拙也。

辛亥季夏　钧平氏自题于江南湘军公所


揽胜辽天海。溯自昔、山河戒。龙蟠虎踞，帝王真宅，云气如盖。剩片帆影落斜阳外。水流碧，峰横黛。唤渔樵、从头说，古今兴废安在。

同是宦游人，飘零又，东向榆塞。胜迹不堪寻，顿风景初改。最无聊，杜老诗史，平生亡，尽多伤心载。与子把尊酒，一声歌慷慨。

调寄塞垣春　奉题钧平仁兄吉林纪事诗　辛亥二月既望，嘉定徐鼎康倚声


灞上迷漫风雪路。驴背朝朝，也合诗翁去。长白距天曾几许，登高到此谁能赋。

拌买貂裘归计误。五十弦声，翻得惊人句。只惜塞鸿飞不度，春来消息无寻处。

惠赐尊箸，倾佩无既，敬题鹊踏枝一词，奉报雅谊、尚祈正谱，为荷之至。钧平先生道鉴。辛亥上元前五日，弟周家树倚声。


画角声声裂。只不胜、许多清怨，助他呜咽。春到辽阳无寻处，未抵江关萧瑟。应笑我、等闲头白。一样青青边塞柳，甚无情也带伤心色。风露冷，藐姑射。

寒烟点点真王宅，胜渔樵、从容说起，几番今昔。有酒难浇千古恨，暗忆头城五国。又闻道、长安似奕。三百余年多少事，付哀时杜老生花笔。思冒顿，习鸣镝。

调寄金缕曲 奉题钧平先生吉林纪事诗 辛亥二月既望，长沙易象天啸初稿

独客怨春暮，俯仰问辽西。辽西千岁孤鹤，争道不如归。回首兴王第宅，依约故人子弟，城郭是耶非。周室忽东迈，禾黍正离离。

六州铁，伊梁石，甘渭氏。于今已成大错，来日故应悲。忍付城南诗客，赢得几番吟啸，泪眼吊斜晖。却笑贾生策，何似伯惊噫。

调寄水调歌头 奉题钧平先生词长大集并希正拍汋山胡熙寿

搴裳辽水便关怀，塞上风云恢诡。谁念沛丰，旧日龙兴乡里。铁骑嘶，边声起。

先生笑把金徽理。七字长城，总是伤心史。陈事尽多，历历从头省记。五国城，千年矣。

调寄河传 奉题钧平乡台先生大集 乡晚锺铭勋倚声

渺空烟，鹤飞万里辽天。瞰苍茫、大东风景，何人写入吟笺。牡丹江、松花秀接，长白部、粟末雄环。王气先钟，霸图休问，龙兴人物迈金源。稽土物，金貂珠蚌，林矿共天然。舆图按，岛连库页，岭括兴安。

经几番、欧风亚雨，而今方觉时艰。课耕桑、徐收地利，置郡县、遍设民官。锐进新猷，促行宪政，实边长策在防边。举猎火、蒐苗狝狩，讲武忆当年。悲凉调，秋筎遥和，塞外弦翻。

调寄多丽 辛亥仲春 钧平氏自填于吉林戎幕

# 卷一

豫章沈兆禔钧平氏著并注
男世廉世康校勘

## 发 祥

谨案：长白山在吉林乌拉城东南，横亘千余里，东至宁古塔，西至奉天府，诸山皆发脉于此。山之东，有布库哩山，山下有池，曰布勒瑚哩。天女感神鹊衔朱果置衣之异，取而吞之，遂有身，诞始祖于此。及定三姓之乱，为贝勒，居于鄂多哩城，建国曰满洲，在宁古塔城西南三百三十里，即今之敦化县。数传至肇祖，计诱先世仇人四十余人于苏克素护河呼兰哈达，诛其半以复仇。越四传至太祖，时已迁居赫图阿拉地即奉天之兴京，以显祖遗甲十三副起兵，征尼堪外兰，复景祖、显祖之仇。万历十年，明人执以畀我。其后，完颜等部首先归顺，凡东海国之渥集部等路，长白山之鸭绿江路，扈伦国之哈达、辉发、叶赫、乌拉四部，以次削平。综计我朝开国武功，在东三省者凡百四十有四，吉林得十七焉，可谓盛矣。

> 绕电流虹旷代无，浴池天女果吞朱。
> 商家元鸟周人迹，圣世祯祥先后符。

> 望风三姓早推尊，建国初居阿克敦。
> 王迹肇基今试溯，世同陟巘降原论。

阿克敦即鄂多哩城，为今之敦化县。

> 部居粟末依长白，江顺松花到牡丹。
> 东土山川扶景运，辽金未许作齐观。

北魏靺鞨七部，粟末部南抵太白，依粟末水以居。粟末之东曰白山部。案松花江旧名粟末水，今之敦化县即鄂多哩城。又松花江发源于白山之北，金名宋瓦，元名混同，明为松花，皆一水而异名。元史，瑚尔哈河并入混同江。我朝始居之鄂多哩城，在勒富善河西岸。瑚尔哈上流，即今之牡丹江。前代契丹兴于满洲之西，戈壁之南。女真崛起于图门江流域，然未能混一区域，则山川之灵秀，固应专属之圣清矣。

呼兰哈达复先仇，天锡兴王智勇秋。
遗甲十三平劲敌，更钦祖武裕孙谋。

通志，呼兰哈达在珲春城东南五十里。

圣主威棱及海东，扈伦四部漫称雄。
天戈十七鸡林指，合咏文王伐密崇。

以上发祥，参考开国方略，御批通鉴、满洲源流考、吉林通志。

# 巡 幸

谨案：我朝启宇，实始吉林，且围场在吉奉间，故秋狝之时，仰邀临幸。圣祖翠华三莅，高宗鸾辂四临，眷念旧邦，形诸歌咏，于民风土俗，采入天章，洵盛典也。敬以纪之。参考通志、御制诗集。

赓歌喜起与明良，秋狝重开射猎场。
二圣翠华曾七莅，金源旧俗入天章。

以上巡幸，参考通志，御制诗集。

# 天 文

谨案：天文分野，本于周官保章氏，而汉书因之。然分星惟隶九州，而不及九州以外。如析木为燕分，而并以元[1]菟、乐浪属之，已觉荒远难凭，况元[2]菟东北数千里之地，又岂析木所能尽。故通志存而不论，仅以日出等类著于篇。然旧说既有分野，当尾箕析木之次一说，姑纪之，以备一格，节录通志。

---

[1][2] 避讳字，据《古籍整理释例》，避本朝名讳或家讳，一般不改，此书早年整理本均作改动，本次整理均改回。

显微远镜仰空窥，分野占星辨尾箕。

日出寅宾时校早，上稽羲仲宅嵎夷。

吉林太阳出入时刻，大抵春分后六日，视京师出渐早，入渐迟，此昼之所以长于京师也。
秋分后六日，视京师出渐迟，入渐早，此昼之所以短于京师也，以上天文，节录吉林外纪。

# 舆 地

　　谨案：吉林，虞为息慎，夏商周为肃慎，亦曰稷慎。前汉，西南为玄菟郡。后汉，东北为挹娄，东南为北沃沮，西南为高句丽，三姓东北为豆莫娄。隋，南为白山、粟末，北为伯咄、安车骨，东为拂捏、号室，东北为黑水、窟说、莫曳，皆虞娄、越喜、铁利、靺鞨地。唐初，曾设勃利州黑水府，西及西北为高丽，后为渤海涑州，东为上京及率宾，东南为南京，东北为东平府，西南为中京，西北为扶余府，极东北为黑水靺鞨。辽，为涑州，北为东京之宁江州，西为率宾府，西北为东京之通州、宾州、龙州、黄龙府、湖州、渤州、胜州、河州、祥州、上京之长春州，南为长白山部，西南为辉发部及安定国，东为博罗满达勒部，东北为女真、乌舍、铁骊、靺鞨等部，极东北为五国伯哩部。金，南为上京海兰路，东南为率宾路，东北为呼尔哈路，北为肇州会宁府，西北为隆州及东京之泰州，西为东京咸平路属县。元，为开元路，西为咸平路，混同江两岸为合兰府硕达勒达等路。明，初年为纳儿干都司，领卫所一百余。其后，南为长白山三部，西为叶赫部，西南为辉发部，北为乌拉部，东南为瓦尔喀部，东及东北为窝及呼尔哈等部，西及北初为三万卫，后入蒙古科尔沁部。此历代沿革之大略也。我朝初列为禁地，故设民官最少。今之吉林府，固雍正年间所称为永吉州者也。久之，设吉林及伯都讷理事同知、长春理事通判，所传为老三厅者是。及同治六七年间，将军铭安奏设吉林分巡道，兼按察使司衔。吉林由理事同知升为伯府都讷，长春之同知通判亦均改理事为抚民。又设宾州、五常抚民同知，双城抚民通判，于阿克敦城设敦化县，统归吉林道承转。民官之设，视前有加，地方亦渐辟矣。光绪十四年，将军长顺奏请升长春为府，升农安分防照磨为县。二十八年奏设绥芬、延吉两抚民同知，长寿、磐石两县。三十一年将军达桂奏设哈尔滨关道设江防同知以属之，设依兰府，设大通、汤源两县，升伯都讷抚民同知为新城府，由孤榆树移治新城，而以孤榆树地设榆树县。三十三年诏设行省，改将军为巡抚，中丞为朱公家宝。三十四年会同东三省总督徐公世昌奏设长春兵备道，并添设蜜山府，临江、濛江两州，桦甸、长岭两县。是年朱公调皖抚，今中丞陈公昭常接任，乃大加整理。于宣统元二年间会同总督锡良叠次奏请，将各地方或因仍，或添改，辖于先后设立之分巡兵备兼交涉之四关道。以长春道为西南路道，驻长春。所辖吉林府，治省城，即同治八年所升改。凡濛江州、磐石、桦甸、舒兰、双阳等县，皆析吉林府地分设者也。长春府，治宽城，系开放鄂尔罗斯公前旗地，光绪十五年由长春抚民通判升改。凡农安、长岭、德惠等县，皆析长春府地分设者也。伊通直隶州，系原放伊通河围荒地，由伊通州升改。此西南路之二府一直隶州七县也。以哈尔滨道为西北路道，驻哈尔滨。所辖滨江厅，治傅家甸，由江防厅改设。双城府，治双城子，由双城抚民通判升改。新城府，治新城，三十一年由伯都讷抚民同知移驻升改。榆树直隶厅，治孤榆树，由榆树县升改。五常府，治五常堡，由五常堡抚民同知升改。宾州府，治苇子沟，由宾州直隶厅升改。阿城县，治阿什河，由阿勒楚喀地增设。长寿县，由宾州府属蚂蜒河分防巡检原驻地升改。此西北路之四府一直隶厅一厅两县也。东南路道，驻珲春，旋改延吉。所辖宁安府，治宁古塔城，由三岔河之绥芬厅同知移驻升改，新易今名者也。东宁抚民通判，治三岔口，在塔城东境，由东宁厅分防通判改设。穆稜县，在塔城东北，由穆稜河分防知事升改。延吉府，治局子冈，本珲春烟集冈地，由延吉厅抚民同知升改，而另设珲春抚民同知，治密江站以东之地。和龙县，由和龙分防经历改设。敦化县，治阿克敦城，于同治八年设立。额穆县，治额木索站，系析敦化及宁安、五常之地添设。又于延吉以北，汪清河南岸，置汪清县，而以宁安府南境之地以附益之。此东南路之二府两厅五县也。东北路道，驻依兰。所辖依兰府，治三姓城，光绪三十一年由三姓地添设。兹于其南境桦皮川置桦川县，东境古勃利州地置勃利县，大通县向置江北，已划归黑龙江省，今移置于江之南岸方正泡曰方正县，而益以附近之宾州地。蜜山府，以蜂蜜山得名，系宁古塔及三姓地，光绪三十四年添设。兹又于东北饶河之南，置饶河县，其北宝清河之西置宾清州。虎林厅抚民同知，治蜜山府属之七虎林，由呢吗厅分防同知改设。临江府，亦三姓地，东界乌苏里江，由临江州升改。其西境之富锦县，由富克锦分防巡检升改。其东境之绥远州，由乌苏里附近地方增设。此东北路之三府二厅一州五县也。至五站所设之大通县，汤旺河所设之汤源县，以地连黑龙江省，先后划归该省。原议设蜜山府，东南临兴凯湖之临湖县，以人烟稀少未设，均不列以上各地方。除勃利、宝清尚在缓设之列外，均已实行建置。此外之应随时添设者，犹未可限，此又近日添改之情形也。今纪其原委于此，而以山川城池属部等类附及焉。参考通志、邸抄、官报。

元[1]菟句骊北沃沮，挹娄建国接夫余。

石砮楛矢周时贡，肃慎先征孔氏书。

　　吉林全境虞为息慎，夏商至周为肃慎，一曰稷慎。郝氏懿行谓声转字通，实一国也。国语，孔子曰：昔武王克商，肃慎氏贡楛矢砮石，其长尺有咫。汉武帝置元菟郡，属以高句丽、上殷台、西盖马三县。大清发祥之地，乃汉上殷台、西盖马二县地，即今吉林府敦化县一带之地。高句丽县为今伊通州磐石县并奉天海龙厅之地。汉武帝灭朝鲜，以沃沮地置元菟郡，后以沃沮为县。至光武罢都尉，封其渠帅为沃沮侯。有东北二沃沮，北沃沮今珲春全境地。汉又置乐浪郡，则今之延吉府地。汉书东夷传，挹娄在夫余东北千余里，东滨大海，南与北沃沮接，今宾州五常两府及宁古塔东北一带地。晋书四夷传，夫余在元菟北千里，西接鲜卑国，中有古濊城，本濊貊之地也。今新城府、榆树厅、长春府、农安县、长岭县、双城府等地。

勿吉疆连豆莫娄，魏书一一溯源流。

高丽渤海相衰盛，分向隋唐列传求。

　　北史，勿吉国在高句丽北，一曰靺鞨，去洛阳五千里。其部有七：一、粟末部，今吉林府地；一伯咄部，今新城府及榆树厅；安车骨部，今五常府阿勒楚喀地；拂涅部，今宁古塔地；号室部，今宁古塔以东，三姓以南地；黑水部，今三姓东北及富克锦左右地；白山部，今敦化县延吉府及珲春四境。魏书，豆莫娄国在勿吉国北千里，旧北扶余也，在室韦之东，东至于海，方二千里，今三姓东北一带地。隋至唐开元以前，为靺鞨及高丽北境，开元后，为渤海之上京、中京、南京、扶余府、东平府、率宾府及黑水靺鞨地。又高丽者出自扶余之别种，隋唐时，其地北至靺鞨，是已越扶余而北，直拓至今之郭尔罗斯。唐时，从其西部进兵，先攻夫余、南苏。夫余今农安县，南苏今伊通州。唐灭高丽而渤海以兴。满洲源流考，大祚荣所都，在长白山东北，大钦茂又东徙三百里直勿汗河之东，今宁古塔呼而汗河也。所置五京十五府六十二州，多在今吉林乌拉宁古塔及朝鲜地，其王城即上京龙泉府，实为挹娄故壤，今为宁古塔地。旧唐书所谓在营州之东二千里者是也，大祚荣所居勿汗州，即长白山之奥娄河境，今为敦化县地。其上京之南，则为率宾府，即今之绥芬府。东北至呼尔哈一千一百里　即之三姓城，西南至海兰，即之延吉府之海兰河。辽灭渤海，以其地置率宾府，即今之吉林府伊通州以及绥芬府地。率宾府之建州，即今之敦化县地。其东京之通州、宾州、湖州、渤州、祥州，即今之长春府境。其上京之长春州东南境，即今之农安县地。其东京之宁江州，即今之伯都讷厅境，其东丹国，即今之宁古塔地。

辽府金京元各路，制兼郡国辟荒榛。

---

[1] 避讳字，据《古籍整理释例》，避本朝名讳或家讳，一般不改，此书早年整理本均作改动，本次整理均改回。

建州亦列前明卫，崛起东方有圣人。

辽灭渤海后，即率宾故地设率宾府，其地处辽代疆域之极东，境域亦最广。金之建置仿于辽，设五京，复增一京为六，分十九路。满洲共设九路。元以满洲为辽东行中书省，置其治于今之辽阳州，分辖各路。以吉林省之东南部为海兰府硕达勒达路。元一统志，自南京而南曰海兰府，又南曰双城，在绥芬河侧，直抵于高丽之王京。明于今之黑龙江、吉林二省置卫三百八十四，所二十四。吉林府初为额音楚、苏完河等卫，后为乌拉部。伊通州初为塔山，雅哈河等卫，后为辉发、叶赫等部。敦化县初为建州、农额勒、赫什林河等卫，后为窝集部之赫席赫路。肇祖初兴，亦曾受建州之职。长春府及农安县初为三万卫，后属蒙古科尔沁部。新城府及榆树厅初为三万卫，后为三岔河卫，终属乌拉部。宾州府为费克图、岳希、阿实等卫。五常府为摩琳卫。双城府初为拉林河卫，后为乌拉部境。宁古塔初为讷儿干都司及双城、萨噥、塞珠伦、兴凯湖等卫，后为窝集部之佛讷和、托克索、宁古塔、穆棱等路，呼尔哈部之那堪泰路。三姓初为萨里屯河等卫，后为窝集部之乌尔固辰路，呼尔哈部之喀尔喀木等十屯，诺罗、锡喇忻、音达辉、塔库喇喇等路。珲春延吉府初为率宾江、穆霞河等卫及喀尔岱所，后为窝集部之瑚叶、绥芬、雅兰、锡琳等路，瓦尔喀部之斐优城、呼尔哈部之札库塔城、库尔喀部。

广开郡县设民官，冲要非徒繁庶观。
满汉已融文武界，要从根本策通盘。

宣统元年,督抚会奏添改民官疏:边省与内地情形不同,内省重在治民,固以民户之繁庶为准,边地重在守土,应以地方之冲要为衡,两语最为扼要。

山名果勒敏珊延，音共阿林国语诠。
虎踞龙蟠争启运，五峰围绕百泉旋。

国语;果勒敏,长也。珊延,白也。阿林,山也。长白山顶五峰围绕,有池曰闼门。山之四周,百泉奔注,入兴京门,为启运山,即长岭。

龙形起伏象非凡，天作高山古不咸。
放海至青为泰岳，东来紫气贯秦函。

长白山,古名不咸。圣祖御制文,论其龙形起伏,渡海结为泰山,辟旧说自函谷而尽泰山之谬。说理极为精确。

鸭绿图门派别双，穷源更有混同江。
四千里路回环绕，万古长流控海邦。

水从长白山发源、西南流入海者为鸭绿江,东南流入海者为图门江,北流入海者为混同江、即松花江，汪洋浩瀚。环绕四千余里。按通志载，水道源流颇详，惜卷册繁多，未能悉录。

兴凯平湖似洞庭，珠流璇折想渊淳。
两旁农业中渔业，任作鸥乡与鹭汀。

兴凯湖在蜜山府东南龙王庙地，对岸即俄界，周八百里与洞庭湖埒，而冬夏不涸，常年洋溢，盖来源之远大虽不及洞庭，而出口细微比洞庭尤有含蓄也。产鱼极富，三四月冰解，浮游水面，至触汽船之轮。天气和蔼，万物发生，比三姓约早半月。两岸旁，犹有耕陇旧迹。俄人于彼岸之农业及中流之航业、渔业皆极意经营。惜我国在该处之人烟寥落，未能共其利也。

国初设厂傍江沿，曾命章京代造船。
败板锈钉穿井得，追思明季督工年。

船厂今省治。顺治十八年命昂邦章京设厂代造船只，以备伐罗刹之用。然前此穿井，辄得败板锈钉，柳边纪略云：即前明永乐间之船厂。

山映夕阳分五色，水流明月荡重光。
门前即是西湖景，船厂天然辟暑乡。

省城南，向不设栅，以江岸为城，山水明秀，大似江浙风景，于消夏为宜。

绥芬城郭亦临江，石壁松枫拱旧邦。
红杏白梨花掩映，鳊肥时听卖鱼腔。

绥芬治宁古塔城，现改为宁安府者也。南门临江，西门外三里许有石壁高数千仞，名鸡林哈达，古木苍松，横生倒插，白梨红杏，掩映参差，端午芍药盛开，秋间枫树经霜，丹林射日。江鱼肥美，有形似缩项。鳊名发禄，满人尤喜食之。

咫尺舆图测绘明，花封重订十三城。
栉风沐雨寻常事，难得东陲地学精。

节录蜜山府魁太守福划分东北东南新设各缺界址详文：谨勘得过牡丹江行五十里，靠山屯村南有东西横冈一道，俗名长虫洞。东至江岸，西至洙淇河，宽约二十余里，恰好作为东西横界。再缘洙淇河斜向西北六十里，抵松花江，东至府五十余里，西至县一百三十余里，恰好作为南北纵界。将此迤东一段划归府属，余三面均依旧界，此重划方正县之界址也。再东依兰府，以三姓为治，城东与桦川以霍伦沟为界，距府一百三十里。曲折而东南，经过七八虎力河至孤顶子山北止，距府三百里，此为该府东界。正南与勃利以鸡心河为界，距府二百二十里。正西与方正以洙淇河为界。距府五十余里。西南至牡丹江东岸锅盔山，距府三百里。北面枕临松花江，左岸为江省汤原县界。此依兰府之界址也。至勃利县宝清州，既经奏设有案，顷虽原札未经叙及，亦宜预为划出，以为异日设治张本。勃利县治城约设碾子河南，东面与宝清以孤顶子为界，南面与蜜山以老岭分水为界，西南与宁安、穆棱以龙爪沟上源分水为界，北面与依兰以鸡心子河为界。窃拟未设治以前，全境归依兰府经理。宝清州治城约设望山坡子，东北与临江以七星河为界，东南与饶河以双枒子为界，正南与蜜山以老岭分水为界，正西与勃利以孤顶子为界，正北东半与富锦以七星河为界，西半与桦川以七星砬子山为界。窃拟未设治以前，自兰捧子山迤东，挠力河迤北，归临江府经理。兰捧山迤西，挠力河迤南，统系蜜山已放之荒，现下正在清丈，应归蜜山经理。此勃利、宝清两属之界址也。桦川县旧以佳木斯为治城，现经禀请改迁苏苏屯，即悦来镇，东面与富锦以瓦力霍吞为界，距县一百二十里，正南包有七星砬子山，约三百里与宝清州以倭肯河源为界，正西与依兰以霍伦沟为界，距县七十里，北阳松花江，过江为江省汤源县治，此桦川县之界址也。富锦县以富克锦为治城，东南临江府以古必札拉为界，距县五十里，南与宝清州以七星河为界，距县一百六十里，西与桦川以瓦力霍吞为界，距县一百五十里，北依松花江，江北亦汤源县界，此富锦县之界址也。临江府以拉哈苏苏为治城，东与绥远以得勒气为界，距府一百里，东南与饶河以挠力河为界，距府二百里，西与富锦以古必札拉为界，距府一百一十里，西南与宝清以七星河为界，距府一百七十里，北以松花江为界，渡江东半为俄阿穆尔省，西半为江省兴东道治，此临江府之界址也。绥远州以依力嘎为治城，东至耶字牌与俄分界，距城一百一十里，南与饶河县以挠力河为界，距州二百里，西与临江以得勒气为界，距州三百里，北踞混同江，江左为俄阿穆尔省，此绥远州之界址也。饶河县以小加级河为治城，北依挠力河，东至乌苏里江七十里，东南与虎林以外奇勒沁为界，距县一百七十里，西南与虎林厅以老岭分水为界，距县一百五十里，正西与宝清州以双枒子为界，距县三百里，正北与临江府以挠力河为界，此饶河县之界址也。虎林厅以呢吗口为治城，东临乌苏里江右岸为俄属，南以小黑河为界，距厅二百五十里，正西与蜜山以大小穆棱河流处为十界。距厅二百里，北与饶河以老岭分水为界，俟吴丞到任后，仍须会同履勘，彼此承认，方为一定。蜜山府以招垦分局为治城，东至虎林厅界一百二十里，南至俄界都嚕克即快当别六十里，西至穆棱县界之青沟岭二百五十里，北至老岭分水一百二十里，此蜜山府之界址也，以上十一城，系知府会同各印官履行勘划，应列一图。但穆棱县前此奏案虽归东南路道管辖，现经电请改归东北路道，自应附于东北路图内，界限方清。案该县系以穆棱州知事改设。治城即在穆棱河。东与东宁厅以细鳞河为界，距县一百一十里，东北与蜜山以青沟岭为界，距县一百五十里，南与宁安府以穆棱窝集分水为界，距县一百五十里。正西与宁安府以老边为界，距县九十里，西北与勃利县以龙爪沟上源分水为界。距县一百八十里，此穆棱县之界址也。东宁厅系以绥芬厅改设，治城仍在三岔口。东临瑚布图河，天然国界，南与珲春以红旗河源划分，仍依旧界，西与宁安以穆棱集分水为界，距厅二百里，西北与穆棱以细鳞河为界，距厅二百里。此东宁厅之界址也。以上二城，系谷委员正严会同各属委员周行勘划，应列一图。伏查此役，历时已逾三月，行程将及五千，所划各界，或亲履其地，或详询土人，悉心审度形势，务寻出天然界限，俾将来行政、殖民，两俱称便。仍与各属印委等员，再四筹商、既不敢隐有瞻徇，复不敢稍存意见，必众论金同，方能定议。

伯利遥连依力嘎，华俄新界白稜河。

快当壁镇犹寥落，铜柱空思马伏波。

伯利今属俄。通志：即唐勃利州地，亦作伯哩。曹廷杰东三省舆地图说云：按唐征高丽，绝沃沮，千里至颇黎。辽，五国部，有博和哩国。颇黎，博和哩，音同字异也。今华人称伯利二字，皆呼波力，是与唐辽音同。则俄之克博诺甫克，即颇黎博和哩。又伊力嘎，今绥远州设治处，离中俄耶字界牌一百一十华里，离俄之伯力一百四十华里。谢民政司己西按属考查日记：伊力嘎山系临江东境，下临混同江，山形不高，而颇耸秀，拟设州治，即在此山之上，颇得控驭之势。山以东，地名通江口。通江口者，混同江之南岸有支流斜出于东南，逶迤至乌苏里江而止，然后会同乌苏里之正流北行与混江合，其中间之地作三角形，混同、乌苏与通江环其三面，中俄耶字界牌即立于此。照咸丰十年旧约，即在伯力之对岸。乃俄人迭次擅移，侵占内地八九十里。故现在自通江口以下，无论北岸南岸，均非我中国所有，渔猎樵采，皆为俄人纳税。查乌苏里江为中俄天然界限，而尾闾处以通江之支流为界，不以乌苏之正流为界。得寸得尺，俄之谓也。然此处形势将近于通江口处，两岸山势环抱，作口门，东隅虽失，犹得为第二重门户，设州治以作镇，洵属扼要。伯力地址，踞山之颠。紧临江岸。论其形势，颇与伊力嘎相似。山不甚高，约长十余里，自东南至西北，起伏作山冈五道，最前者谓之南冈，次曰中冈，又次曰北冈，北冈之后地名下冲口，华侨之居于此者为最多。全埠共五千余户，三万余人，俄人一万七八千，俄兵一万。俄总督署在南冈之首，俯瞰江流，斜对博物院，院内有台，上立俄探险家莫拉维约夫铜像，即开辟斯土者，一手持地图，一手持千里镜。正与江心相望。博物院陈列楚楚，吴京卿分界所立铜柱在焉，盖庚子之役，自珲春輂去者，现已断成两截矣。壁上挂赫哲器物最夥，不论精粗，无一不具，并肖其男女形势而衣之以衣，其留心于赫哲之风俗性质，盖有以也。蜜山府南境华俄接壤，以白稜河为界，河小如沟，其水涸处至无可辨认。询诸土人，据称先是分界在西南五十里。当兴凯湖之正中，曾有卡伦在此地，名曰勿赛气河。其后卡伦既废，吴钦差大澂分界至此，遂立界牌于快当壁地方。距原址五十里，始有以白稜河为界之说。然白稜河之南，约三四里，尚有小河一道。据土人云：白稜河者，实是在南之小河，俄人近又占出三四里，强指此河为白稜河，而界牌又复潜移。其东岸龙王庙地方之亦字界牌，亦屡次易。湖之分界，即以此两岸为对直线，现在湖权之为中国有者，不过三分之一。国疆交错，既无天然界限以为证据，则应慎保疆域，设戎守以为备。而从前则荒土弥漫无人为之过问，现在奏设临湖县，拟即驻扎于此，洵为扼要。南望俄疆，其村屯则星罗棋布，我仅快当壁一镇，烟户不满十家。此虚彼实，诚宜切实图之。界牌之得以移易者，亦未始非空虚之故也。

两路分行入蜜山，别寻水道穆稜间。

湾流险石烦疏凿，途不经俄便往还。

入蜜山之道有二，均约四百里，一由呢吗口，则至东北而至西南；一由穆稜河，则自西南而至东北。然皆山径崎岖，为荒陬未辟之所。此外则自南而北，沿兴凯湖边，由双城子或四站进者，皆俄壤也。以驿程计，俄境较近（由双城子至蜜山共三百七十一华里，由四站至蜜山共二百九十二华里）；以道路计，俄境又较平。然假道邻疆，转使我固有之正路愈日弃于荒芜而不治，不徒利源外溢，而于国体亦殊不合。沿途与魁守悉心研究，呢吗与穆稜两路比较，虽荒僻相等，而情形各有不同。盖穆稜河为轨路。经过之所虽近边疆，犹在内地。呢吗则滨临于乌苏里江之边，倘使绕越江东，仍须道出俄境。欲事修缮，诚不若穆稜为便，且设治委员范炽泰曾募招垦队以经营此路。而至今为梗者，皆在青沟岭之上下七十里，四无人烟，且乏汲水之处，道途之险巇，更无论已。现因经费支绌，招垦队既经裁撤，魁守到任后，仍拨队填驻，虽保护有资，而行道之困苦仍不少减。经营蜜山，诚宜于此为首先注意之事。蜜山府之交通，固犹有水道在焉。穆稜河由西南横亘而至东北，绵延千余里入乌苏里江。蜜山城基附近河边而适居其中，左右上下均五六百里。抵蜜山后，特亲往勘察。沿河步行四五里。河面不宽，多则七八丈，少则三四丈，或二三丈不等。蓄水尚深，而不利于舟行。由于湾曲太甚，往往绕行数十里。而径直之线，相望咫尺。且由蜜山上溯约二百余里，中流有巨石甚险，现在偶有货物经过。往往起运至岸，陆行四五里，经过此石滩始复登舟。倘能凿而通之，即可畅行无阻。河岸堆积木植甚夥，询系采自桦川，河运至此。盖近年之新建屋宇，其取材悉赖于斯。惟航利之发达，总须俟内货充盈，方能有所输出，一二年前。山内粮食全数仰给于外来。本年，则所产已足供所用。可见地利之兴，日增月盛。但能董劝有方，收效自在不远。且查河之下流，其入江处，距呢吗口约三十里。现在俄人之贩运粮食，上则新闻、德墨里，下则三姓、佳木斯等处，近亦千里。远则二千余里，始达伯力。此则由呢吗口入俄境，一苇可杭，其利便固不可以道里计，滚滚河流，谓非大利之所在耶。按金史，拉必据慕稜水保固险阻。慕稜水即穆稜河。今于其地设县。

鸡林形胜在伊通，辽水松江襟带中。

轻便轨联公主岭，屏藩奉黑控诸蒙。

伊通直隶州，古肃慎氏地，汉晋为扶余国地，南接高句丽。北朝属勿吉，西邻蠕蠕契丹。隋属靺鞨。唐属燕州，寻为渤海所据。辽宁江州。金隆州地。元辽王分地。明属海西卫，后扈伦部，自建为国，介叶赫、乌拉二国之间。国朝属吉林。光绪八年置州，宣统元年升直隶州。其地西枕蒙古，东瞰吉林，南控沈阳，北制黑龙江，崇山峻岭，巍然外环，沃野平原，坦然中止，而且辽河襟其左，松江带其右。廷杰常谓：长江据天下腹地之险，水师之设，所以握其要也。青海、伊犁、镇迪为天下右肩之蔽，惟哈密实扼内外之冲。沈阳、吉林、黑龙江为天下左肩之蔽，惟伊通州尤据形势之胜，盖以此耳。现汪直牧士仁详准，合该处绅商，筹办轻便铁道，与奉天之公主岭火车接轨，闻全路股本须银圆六十万圆，拟招股兴工云。

海水环流紫极洞，土山对峙翠微宫。
石雕仙佛兼龙象，荆棘铜驼感慨同。

东三省舆地图说：金史会宁府初为会宁州，太宗以建都升为府。天眷元年置上京留守带本府尹兼本路兵马都总管，东至瑚尔喀路六百三十里，西至肇州五百五十里，北至夫余路七百里，东南至率宾路一千六百里，南至海兰路一千八百里。松漠纪闻：自上京至燕二千七百五十里。三十里至会宁头铺，四十里至第二铺，三十五里至河萨尔铺，四十里至拉林河。北盟会编：出榆关以东第三十八程至拉林河，终日之内，山无寸木，地不产泉。又五里至矩古贝勒寨，尽女真人。第三十九程至馆，去上京尚十里许。元宗奉使行程录：过混同江四十里宿呼勒希寨，三十六程自呼勒希寨，东行五里契丹南女真旧界也。八十里至拉林河，行终日，无寸木，地不产泉，人携水以渡河，五里至矩古贝勒寨。第三十七程自矩古贝勒寨，七十里至达河寨。第三十八程自布达寨行二十里至乌舍郎君宅。又三十里至馆。此去北庭尚十里。查金史所谓瑚尔喀路，即今三姓南一百七十里小巴彦苏苏地方。牡丹江西沿古城肇州，即今顺札堡站。东北珠赫城率宾路，即今绥芬河双城子地方。海兰路，即今图们江北海兰河。海兰城自白城按之道理皆合。松漠纪闻：由白城西行渡拉林河。北盟会编·行程录：由拉林河东行至白城。所记道里，皆百四十余。今由白城西行十里，有土城名点将台。又三十里有土城名小城子。又三十余里有双城子。又十里单城子，又十里金钱屯。又三十里乌金屯，又十里花园地方，有旧土围。又五里拉林河，亦约百四十里路，皆平坦，犹见甬道形迹，知花园地方即矩古贝勒寨，金钱屯即阿萨尔铺，双城子即达河寨，亦即布达寨，小城子即会宁头铺，亦即乌舍郎君宅所在，点将台即当日馆客之所。再东行十里至白城西门，门外偏北有大土阜，今呼斩将台。查北盟会编：第三十九程至馆去京尚十余里，翌日马行可五六七里，一望平原旷野。又一二里，云近阙，去伞盖，复百余步有阜。当指此斩将台也。白城西面，南面各十里，东北隅缩进五里作日形，由缩进之隅至西城适中之处，复有横城一道。横城南有子城，方约二里，南面有二土阜对峙，各高二丈余，周二十余丈。由阜间北行，有高阜七层，高各四五尺，长均二十余丈，即宫殿基也。两旁均有高阜，南北直向，即围郎基也。外又各有横亘高阜数层，皆在子城内。北盟会编：宿围绕高丈余，皇城也。至门就龙云下马行，入宿围朝见，即捧国书，自山棚东入山棚，左曰桃源洞，右曰紫极洞。中作大牌，题曰翠微宫。高五七尺，以五采间结山石及仙佛龙象。殿七间，甚壮，额曰乾元殿，高四尺许，阶前作坛，方数丈，名龙墀。据此知子城即所谓宿围。南面二阜，即所谓桃源洞，紫极洞，中间即翠微宫，北行即乾元殿也。又金史：至献祖徙居海古勒水，始有栋宇之制，遂定居于阿勒楚喀之侧。今阿勒楚喀城东北二十余里，有海古水，即海古勒也。俗呼大海沟、小海沟，合流入阿勒楚喀河。至白城之称，虽史无明文，然据太祖实录云：辽以镔铁为号，取其坚也，镔铁虽坚，终有损坏，惟金一色最为真宝。金之色白，完颜尚色白，况所居按出虎水之上，于是国号金。盖因建号之初，色尚白，故呼此城为白城。其时本为会宁州，至太宗始以建都升为府。天眷元年始号上京。金史·地理志：上京路即海古勒之地。此盖可见矣。按白城，国语呼珊延屯。

涛生林海是窝稽，人马难通道路迷。
滑滑泥深行不得，愿铺铁轨贯东西。

东三省舆地图说：今辽水东北尽海滨诸地，凡林木丛杂，夏多哈汤，人马难以通行之处，皆称窝稽，亦曰乌稽，亦曰阿集。知两汉之沃沮，南北朝之勿吉，隋唐之靺鞨，皆指此也。查两汉沃沮有南北之分，当以长白山为限，在山南者为南沃沮，在山北者为北沃沮，谓尽在高丽者非也。北史：勿吉粟末部与高丽接，伯咄在粟末北。安车骨在伯咄东北，拂捏在伯咄东，号室在拂捏东，白山在粟末东南。以地理考之，粟末部即今吉林乌拉一带，缘松花江旧名粟末水也。白山部即今长白山。伯咄部，即今伯都讷，金史作部渚泺，皆伯咄之转也。拂捏部即今宁古塔西南八十里古城，俗呼东京城，亦称佛讷和城。按辽史：东京辽州始平军，本拂捏国城。明时有佛讷赫卫，皆指此也。安车骨部即安楚拉库路。据通志：在阿勒楚拉之西。号室部应在今绥芬河以东一带。又有黑水部，在安车骨北，即今黑龙江地也。隋唐各部与勿吉同。唐之渤海大氏，本粟末靺鞨附高丽者。光天中为渤海郡王，始去靺鞨号，已尽得靺鞨各部地。天宝末徙上京，直旧国三百里，都呼尔罕。海之东临忽汗河，此为肃慎故地，曰上京龙泉府，亦即拂捏部地。故至今，吉林各古城，土人通呼曰高丽城，盖因渤海曾附高丽，非高丽实有吉林地也。

经营长岭与濛江，界划山川健笔扛。
开辟鸿荒成乐土，十年生聚定丰庞。

长岭、濛江，地本荒芜，自设州县后，顿改旧观。十年生聚，当更有进步。

考订舆图访古碑，万金塔畔认城基。
扶余府与黄龙府，断以农安释众疑。

扶余、黄龙二府地，众说纷纭。曹廷杰注得胜陀碑，援古证今，极为精确。并以万金塔在今农安县，即古黄龙府治，独断以释群疑。

山界分明旧迹看，河流乌底外兴安。
海东要地非瓯脱，收效桑槐望敦槃。

中俄于康熙年间初订约时，以外兴安岭为界，惟乌底河以南至索伦河为瓯脱地。及咸丰八年定爱珲之约，十一年续修界约以乌苏里江及松阿察二河作为交界，东属俄国，西属中国，东海各要地遂为俄有。

桦甸安图界尚纷，线成南北掌螺纹。

山穷麻秸群峰尽，江自松花二道分。

吉省之桦甸与奉天之安图接壤。以麻秸山及松花江为界。


东海滨偕阿穆尔，绥临依蜜与俄邻。

江湖险要兴乌共，塞上屯田正徙民。

俄之东海滨及阿穆尔两省与中国毗连，现内兴安岭暨乌苏里江之险要，我与外人共之矣。徙民屯田，实为上策，况彼已力行之耶。


敦化远征西盖马，汪清边界近和龙。

日韩合并图门接，最要珲延慎尔封。

珲春、延吉与韩为邻，自日韩合并后，交涉愈关紧要。


冰走耙犁使犬部，雪施蹋板贡貂人。

蝦夷库贡征图志，尽是皇朝塞上氓。

三姓北一千二百里，松黑两江之口有赫哲部。地早寒，多冰雪，其引重之器曰狗耙犁，如小车而无轮，以细木性软者削两辕，前半翘起上弯，后半贴地处四柱与四匡辅之以板。如运重，则于上弯处驾以二犬，二人在上以鞭挥之，其速逾于奔骥。今冰耙即其制，不过改用马耳。其捕兽之器曰踏板，以木板长五尺，贴缚两足跟，如泊舟之状，滑雪上前进，则板乘雪力，瞬息可出十余里，凡逐貂鼠各兽，循迹追之，十无一脱，运转自如，飞鸟不及。每人岁贡貂皮一张。又东北海之库页岛，原属三姓。东南海有虾夷岛附库页。人至混同江贡貂。皆昔日吉林地。


耳鼻金银大小环，双丫双辫认风鬌。

貂狐帐褥雕翎屋，蟒缎新从内府颁。

黑津部有三种，其人耳垂大环四五，鼻穿小环一，均以金银或铜为之。女子未字者作双髻；已字者则为双辫。富者以雕翅盖屋，貂狐等皮作帐褥。至三姓贡元[1]狐黑貂等贵皮，赏以大红盘、金蟒袍、锦片妆缎缋绣等物。


食鱼几度即年华，海国浑忘甲子加。

傲苟搓罗胡莫纳，树皮草盖野人家。

黑津不知岁时，问年则数食哈巴达鱼几次以对。以渔猎为生。取树皮或草为小屋：有名傲苟者，

---

[1] 避讳字，据《古籍整理释例》，避本朝名讳或家讳，一般不改，此书早年整理本均作改动，本次整理均改回。

以布或树皮为之。有名搓罗者，即草盖圆棚。有名胡莫纳者，即桦皮小圆棚。以上舆地，参考柳边纪略、宁古塔纪略、吉林外纪、赫哲风土纪、历史通志、官报。

# 岁　时 风俗附

谨案：豳风一诗，具言天时民事，由载阳而流火，由肃霜而凿冰，其间农桑狩猎，以及祭祀燕享，莫不发为咏歌。后稷、公刘之化，王业所由基也。吉林亦我朝之豳也，志称直朴勤俭，精骑射，善佃渔，天气早寒，迟种先获，洵足与豳诗媲美。谨本斯义以纪，盖不仅作荆楚岁时记、岳阳风土记已也。

鞭爆声喧献岁辰，米儿酒饮瓮头春。
斋明盛服焚香早，都是攀鳞附翼人。

元旦，旗民于昧爽前，盛服焚香，祭祖礼神，放鞭〔聚爆竹为鞭炮〕。家酿米儿酒、如酒娘，味极甜。

鱼龙曼衍夜张灯，雪月交辉淑景增。
联袂蹋歌归兴好，脱除晦气应休征。

元宵然冰灯、放花爆，陈鱼龙曼衍，男女联袂踏歌，谓之除晦气。

针黹初停放纸鸢，红妆冒冷打秋千。
龙头抬日猪头荐，春饼登盘列绮筵。

正二月，多架木打秋千，谓之打油千，并放纸鸢。二月二日为龙抬头节。是日，妇女忌针黹，人家多食猪头，啖春饼。

节届清明祭品丰，坟头争压楮钱红。
笑他迷信城隍会，荷校男童与女童。

清明节，携酒馔墓祭，压红楮钱于马鬣封。是日，城隍会出巡，童男女荷校跪迎。晦罪祈福。

演剧酬神三月三，元[1]天岭下共停骖。
仙人不为盲人会，有瞽齐来醵饮甘。

上巳日，城北，元[2]天岭真武庙会，演剧报赛。是日，又为三皇仙人堂会。城乡瞽者，均往祭神

[1][2] 避讳字，据《古籍整理释例》，避本朝名讳或家讳，一般不改，此书早年整理本均作改动，本次整理均改回。

士女如云北岭趋，药王庙购纸葫芦。

不知新旧年年易，觅得金丹一粒无。

　　四月二十八日，北山药王庙会，市人以五色纸扎葫芦，大者二三尺，小者不盈寸。士女出游，焚旧者于神前，而购新者以归。

艾虎风生燕尾髟，彩丝竹帚缎荷包。

龙潭山上樱桃熟，多少游人备酒肴。

　　端午、门户悬蒲艾，以黄米裹角黍，妇女以彩丝为帚，五色缎制荷包并小葫芦，同艾虎簪髻上。或以布为虎，系儿肩，皆除灾辟沴之意。但未见龙舟夺锦标耳。龙潭山樱桃熟，士女渡江登览，燕饮醉归。

松花江上即天河，不见牵牛织女过。

今夜针楼同乞巧，蛛丝穿处巧谁多。

　　七夕，妇女陈瓜果，以彩缕穿针乞巧。按松花江，国语松阿里乌拉。松阿里者即天河也。

中元灯异上元形，会启盂兰灿若星。

万朵荷花照秋水，可同佛火烛幽冥。

　　中元，作盂兰会，夜然灯，遍置山谷，灿若列星。江中两船载荷花灯，然灯顺流，如万朵金莲浮于水面。船僧呗经，铙钹鼓吹并作。

中秋鲜果列晶盘，饼样圆分桂魄寒。

聚食合家门不出，要同明月作团圞。

　　中秋，以鲜果、月饼供月，合族聚食，不出外，曰过团圆节。

重阳佳节登各高，面合糖酥制菊糕。

夹叶层层花样好，红查白果绿葡萄。

　　重阳，食菊花糕，以面合糖酥为饼，凡数层，上粘菊叶，每层夹以果仁、山查、葡萄、青梅等物，一名九花糕。

高会龙山酒满尊，碧潭红树入新词。

阳春一曲宾僚和，谱出宫商叶律时。

　　会城外龙潭山，九月间碧潭如练，红树经霜，风景清绝。士女作登高会者，除北山外，即以此山为最。新会中丞，填有霜花腴，用梦窗韵，词极佳，一时宾僚多倚声以和。

        烝祭冬初宰豕肥，家家祀祖送寒衣。

        略同除夕烧包袱，追远情怀未尽非。

十月朔，扫墓祀祖，谓之送寒衣，与除夕焚化冥资曰烧包袱同意。

        玲珑剔透放光明，一片心同彻底清。

        仙佛镂空谁得似，美人狮象雪雕成。

士大夫家善作冰灯，以矾水淋雪成冰，镂八仙、观音等像于薄片，裁以作灯。夜然独放光，几如刻楮之乱真。其巧妙诚为不可思议。至二三月间方解。

        气晕玻璃水作冰，捋须一笑露珠凝。

        琼楼玉宇银辅地，江冻光含雪月灯。

吉省自十月起，家家闭户烧炉，火气薰烝，气晕窗上玻璃，作人物花卉树山川形状，夜深火熄，即成厚冰。出门戴风帽，口气冲须髯，凝作冰块，脱帽如珠玑之散。昔人所咏明月照积雪，已为奇绝。吉省则冰雪之中加以电灯照耀，其景象更为内地所无。

        祀灶糖糕并酒肴，新年未到小年交。

        丰储饮食资中馈，饽饽蒸齐水角包。

十二月二十三日夜，祀灶神，供糖糕，谓之过小年。前后数日，人家以肉糜包水角，以糖包面蒸糕曰蒸饽饽，与鱼肉肴蔬，储足半月之需。

        梅花未放雪花飘，守岁重裘貉与貂。

        儿女团圆同不睡，迎春送腊是今宵。

除夕，分压岁钱，团聚饮食，终夜不寝，名曰守岁。

        王道平平不拾遗，物还原主守芳规。

        田苗蹂损皆赔值，官长军民若等夷。

八旗之居宁古塔者，多良而纯。道不拾遗，物遗则置之于公所，俟失者往认。惟践人田，则责牧者，罚其值，虽章京家人不免。

        抛球射柳有遗风，律以弦歌未尽同。

        文武分途今合一，天教时势造英雄。

金俗抛球射柳，亦尚武之意。吉省弓马为先，弦歌较后。今遍设学堂，有各种科学与柔软器械兵式等体操，实文武合一之道。陆军学堂之讲武而兼文艺，其用意亦同。

植立庭前木一根，祭天祀祖百神存。
禳祈祸福凭义马，切肉同餐俎上豚。

凡人家庭前立木一根　以此为神，逢喜庆疾病，宰大猪还愿。请善诵者名义马，向之念诵，家主跪拜。毕，用零星肠肉，悬于木竿头。将全猪煮熟，请亲友列炕，一人一盘，自用小刀片食，不留余，亦不送人，如不灵验，则另易一木。

观音土地伏魔三，各具香盘静里参。
供奉神牌无一字，朝朝西北礼空龛。

八旗内室，供奉神牌，只一木版，并无一字　亦有用木龛者。室之中，西壁、北壁各一龛，以黄云缎为帷幄，亦有不用者。北龛上设一椅，椅下有木五，形若木主之座，西龛上设一杌，杌下有木三。春秋择日跳神，其木则香盘也，以香末洒于盘上然之。所奉之神，默谓观音、伏魔大帝、土地也，故用香盘三。

跳神降福女巫遗，满语喃喃应鼓鼙。
裙幅系铃铜与铁，绸条五色线横披。

满洲有跳神礼，以当家妇或好女子为之，头带如兜鍪，腰系裙，周围系铜铁铃百数，手持纸鼓敲之，其声喤喤然，口诵满语，腰动铃响，以鼓接应，旁更有大皮鼓数面随之敲和。面西向，炕上设炕桌，罗列食物，上以线横牵，线上挂五色绸条。自朝至暮，日三次，用以禳病或祈福，三日而止，以祭余相馈遗。

阿马葛娘尊父母，烘多兄弟语堪征。
爱根对待义而汉，夫妇非徒哈赫称。

宁古塔称父曰阿马，母曰葛娘，兄曰阿烘，弟曰多，夫曰爱根，妻曰义而汉，男人曰哈哈，女人曰赫赫，举此以见一斑。

帕首登舆抱宝瓶，马鞍跨后入门庭。
新人记取平安意，福寿多男祝未停。

婚礼：妇帕首，登舆，胸负铜镜，抱宝瓶，内装金银五谷，又置马鞍于门阈，跨而过。

进化文明在合群，帝乡况久共榆枌。

特颁满汉通婚诏，畛域从今更不分。

吉省旗民本融洽，光绪庚子后，许满汉通婚，益无畛域。

车摇不定挽兼推，文褓朱衣满月孩。

土语声声巴不力，金铃响处笑颜开。

生子满月，下摇车。其制以筛板圈做两头，每头两孔，内外用彩画，并悬响铃，内垫薄板，悬于梁上，离地四五尺，用带缚定小儿，使不得动，哭则摇之，口念巴不力。

熊罴占梦弄之璋，门户悬弧志四方。

荆矢榆弓装雉羽，童年好武气飞扬。

以榆柳为弓，童而习之，别拣荆蒿为矢，缀雉羽，曰纽勒，亦曰斐兰。

呼兰设祭妥先灵，七七延僧念佛经。

立杆挂幡稽旧俗，且无木主与旌铭。

丧礼设祭于烟筒，烟筒国语谓之呼兰。每七日，延僧诵经。至八旗旧俗，不奉木主，亦无铭旌，惟于院中立木挂幡，每日叩奠三次。

鸡黍留宾共进觞，客行千里不赍粮。

絷维朝夕非图报，皎皎驹鸣食藿场。

满洲凡出门不赍路费，经过之处随意止宿，人马俱供。少陵所谓马有青刍客有粟也。不责报，亦无德色。

燕饮浑忘夜色凄，舞名莽势和空齐。

烟茶既献牲初进，解手刀操异割鸡。

满洲有大燕会，主家男女必更叠起舞，举一袖于额，反一袖于背，盘旋作势，曰莽势，中一人歌，众以空齐二字和之，盖以此为寿也。先送烟，次献乳茶，终进特牲，以解手刀割而食之。

春深草木渐舒芽，五月方开芍药花。

农事半年收获毕，且从渔猎作生涯。

吉省地寒，三四月间草木方萌芽，端阳始开芍药。农事孟夏播种，仲秋即收获，农闲每从事于渔猎，以作生计。

连朝风雪水冰坚，立栅江沿受一廛。

兔雉獐狍朝列市，居人争购度新年。

十月杪，江即凝冰，沿江旅店因岸为屋。至是时，乃凿冰立栅以作市廛，售野兔、山雉、獐、狍、鹿、麂、鱼、蛤之属，居人购作度岁之需。

异室商君制可遵，寒天灶热不因人。
改良风俗先除炕，炉火仍生黍谷春。

吉省房屋多设火炕，无冬无夏烧之，于卫生极不宜。曹提学使以不睡火炕为改良风俗之一，况今有洋炉地炕，春冬之际，亦不患寒气逼人也。

桦皮屋瓦板门垣，薪积成山易燎原。
欲解郁攸多凿井，消防合与卫生论。

人家多以桦树皮作屋瓦，凡门垣、窗牖皆以木为，院中又积薪如山，故昔多火患。且冰冻取水不易，救熄颇难。昔人谓宜多凿井，盖为此也。现巡警有消防队，其灾顿减。按光绪十六年，吉垣大火，延烧千数百户，将军府被焚。此长将军任内事也。宣统三年四月初十日午后二钟复遭大火，次日午后方息。其时西南风甚猛，人力难施，计毁度支、交涉两司署，初级地方审判厅、检察厅、省监狱、官银号及经征、统税、巡警、工程、电报、官书六局、图书馆、官医院、邮政局、吉长报馆，其余商店、民居二千余户，计五万余家。火由西南迎恩门起，延至北城巴尔虎门止，仅东门一带幸免。全城菁华俱尽，诚浩劫也。火后，抚帅会同督帅，电奏并请款五十万为抚恤善后之资，当蒙俞允。邓民政司出有示谕，附录于后：照得省城此次火灾，被灾房屋，实居多数，颓垣败壁，满目荒凉，自应赶紧建筑，以期兴复市面。前奉抚宪发交督宪来电，饬即修订建筑章程，取缔房屋制度，酌留宽大道路，并将从前木棚木路一切引火之陋制，概行改革等因。当经本司督饬巡警、工程局，会同商会自治董事会详细查勘，其应行留宽道路者详列于下：一、北大街自景合会以南街道，须留三丈五尺与北街一律；一、前后鱼行，暂时禁止建造；一、度支司署前不准搭盖板棚；一、河南街，粮米行街，均须留三丈五尺；一、尚宜街至度支司署，须取直线；一、财神庙胡同东口，西口街道，均须留三丈以外，其西口与翠花胡同取直；一城隍庙胡同，牛马行两旁，须留三丈；一、独一处胡同自牛马行起至官书局胡同取直，均须留三丈以外；一、永德堂胡同两旁不准稍有侵占；一、二道马头北街道须与三道马头取直；一、草市东道须留地宽十五丈以外，以便于中设立市场，且与北大街取直；一、巡警局对门须与二道马头取直，留三丈以外；一、宝宣胡同北口牛马行总沟两旁，须各留三丈；一、通天街十字口之西，至永德堂胡同，须留三丈；一、官胡同循臭皮胡同直接翠花胡同，须留三丈以外；一、自留养所胡同起，循巡警局南抵二道马头，须留三丈以外；一、沿江堤南坎不准盖建房屋。以上指定各处，商民如欲修盖房屋，必须绘具图样，由巡警局、工程局勘验批准，方准兴工。如所指街道内有民地，并由官中估价收买，以示体恤。其余未经指定之处，准按原有基址自行建筑，官家一概不加取缔，并望该商民等迅速从事，以期早复旧观。惟从前旧习。如木障、板棚、雨搭、恍杆、冲天招牌等类，均一律禁止修造云云。洵亡羊补牢、惩前毖后之计也。民间若力能多建砖瓦房屋，则防患未然，更为周密矣。

　　　　　　若非楣栋板皮横，器具精粗一室盈。
　　　　　　食用额林随意贮，收藏食医与瓶罍。

楣栋间横板犹古皮阁，名曰额林，凡食医瓶罍之属皆随意收贮。

　　　　　　苘皮纸料树皮绳，制以人工用不胜。
　　　　　　截木中空烟引出，呼兰古制更旁征。

捣苣絮为纸，坚韧如韦。索绹用桦皮及椴皮。又比户截木中空，引炕烟出之，上覆荆筐，以御雨雪，名曰呼兰。

　　　　　　刳木为舟似叶轻，张帆荡桨任纵横。
　　　　　　飙轮一样梭穿急，赢得威呼自在行。

刳木为舟，形似梭，一人荡桨，间有张帆者，漏则以青苔塞之，名曰威呼。威呼，国语独木也。

　　　　　　盘盂杯勺木能为，刀琢成形巨细宜。
　　　　　　不用模金兼范土，自然家具胜宗彝。

吉省器具朴实。大而盆桶，小而杯勺，皆以木为之。

　　　　　　糠粘麻秸即霞棚，红火初然焰欲腾。
　　　　　　何事囊萤兼映雪，小窗分作读书灯。

糠灯俗名霞棚，以米糠和水，顺手粘麻秸（逆则不可然），晒干，长三尺余，插架上。以三歧木为架，凿空其端，横糠灯于中，或削木牌，凿数眼于上，悬之梁下，光与灯等。

　　　　　　投壶遗制戏罗丹，兽腕盈堆掷中难。
　　　　　　偃仰侧横分胜负，一声帕格众人看。

童子相戏以獐鹿等兽蹄腕骨，用锡贯其窍，或三或五堆地上掷之。骨一具四面不同，掷以四枚，视偃仰横侧为胜负。各得一色则为四色，全中者尽取所堆以去，不中则与堆者一枚。其用薄圆石击之，则曰帕格，名为罗丹。以上岁时风俗，附参考吉林外纪、宁古塔纪略、柳边纪略、东游麀从录、松漠纪闻、邸抄、通志并官私各报。

# 卷二

豫章沈兆禔均平氏著并注
男世廉世康校勘

## 职　　官

谨案：吉林为我朝肇邦重地。顺治元年设昂邦京章于宁古塔。康熙元年改为镇守宁古塔等处将军。十五年移驻吉林。乾隆二十二年改为吉林将军，统治军民，绥辑边境。核其职掌，盖即前代留守之遗，与各省将军之但膺阃寄者不同。所辖有副都统、参领、总管、协领、防御、骁骑校等官。军署有户、兵、刑、工四司。雍正初年，设满汉御史，不久裁去。嗣是二百余年，增郡县，设民官，驺驺乎有行政规模矣。光绪三十有三年，朝议改东三省为行省，设立督抚，总督兼三省将军事务，巡抚皆兼副都统衔。督抚之例，兼都御史、副都御史。陆军部之尚书侍郎者如旧。以徐世昌为总督，唐绍仪为奉天巡抚，朱家宝为吉林巡抚，程德全为黑龙江巡抚。三月初八日，奉谕旨：东三省应如何分设职司之处，着该督等妥议具奏。等因钦此。四月十一日，总督会同奉吉两巡抚，奏请于奉天、吉林、黑龙江三省各设行省公署，仿照京都办法，督抚与司道同署办公。于公署内分设二厅：曰承宣，掌一省机要，总汇考核用人各事；曰咨议，掌议定法令章制各事。设左右参赞各一员，秩从二品，分领两厅事务。就原有局署酌量归并，分设七司：曰交涉，曰旗务，曰民政，曰提学，曰度支，曰劝业，曰蒙务，各设司使一员。交涉、旗务、民政、提学四司，秩正三品。度支、劝业、蒙务三司，秩从三品，以总办司事。承宣厅及各司均设分科，每科设佥事及一二三等科员以佐之。咨议厅不设官缺，酌派议员、副议员、顾问官、额外议员，皆选明达政治者充之。此外陆军关系紧要，另设督练处，以扩充军政。司法分权，专设提法，司理刑法。督抚仍各设秘书官，无定员，以办秘密紧要事件。等因，奉旨依议。钦此。嗣因吉省财政困难，总督徐、巡抚朱，会商吉林官制办法，酌量裁改。于十一月二十四日奏请设司道各缺，派员试署。除提学、提法两司于上年及本年业经简放外，裁撤兼按察使衔吉林分巡道一缺，增设交涉、民政、度支三司，劝业一道。以交涉局附入交涉司，民政则以巡警局、自治局及关于民政各项局所改设，度支则以所有财政各局及从前之户司并设，劝业则以农工商矿林业各局并设。学务教育等事许已归提学使外，以从前之刑司裁归提法司兼，工司则分别并入民政司劝业道。旗务暂不设司，以从前兵司改设旗务处。至蒙务，须体察情形，从缓办理，而附于旗务处。至参赞所领之承宣谘议两厅事务，仿黑龙江之例暂不设缺，由秘书官及文案处办理，以从前之印务并入。道以下各设首科佥事一人。二年七月裁佥事，设总科长一员，余暂缓设，而以委员分任其事。十二月十八日奉朱批，着照所请该部知道。钦此。官制既定，复订吉林公署试办章程及办事规则。暂就抚署设立公署为办事处。自三十四年三月朔起实行试办，逐日午后二时各司道齐集公署披阅文书，遇有应行酌议事件即时面请督抚示遵办理。事毕，每件应归某司道承办，即由本员带回本署，交各科员拟稿，次日呈判，通饬各府厅州县。除刑名案件仍由提法司勘转外，余皆只备公牍一分迳达公署，毋须分详分禀，俾省繁赜以祛散漫牵制之弊，而谋整齐修理之规。是年六月，朱中丞调皖，特旨简今中丞新会陈公继其任。八月受事。于宣统元二年间，定省外各官之制，设西南、西北、东南、东北四兵备分巡道，办理交涉。已设关者，监督关税。各分辖新添及原有府厅州县省城及珲春、三姓、伯都讷、宁古塔、阿勒楚喀各副都统，亦先后奏裁。案件、地粮归地方官办理，以一事权。府仍不设首县，自理地面事件。凡厅州县公事，皆直接院司。试行新官制于其间，盖已视旧制不同矣。（参考通志、邸抄、公署政书）

公署　按：公署另有印信以行文书，其规制一切具于职官总按语内。

周邦虽旧命维新，境自岐丰上溯豳。

行省设时公署立，发祥重地赖经纶。

六百万人新户口，五千里路旧封疆。

古今俯仰成因革，中外交通策富强。

吉林户口本不见多，近年督抚极意招徕，截至宣统二年，汉民约五十六万六千九百五十户，男女大小四百七十余万丁口，合之满蒙汉八旗男女大小四十余万丁口，统共五百零十八万数千余丁口。疆域，现通志载：东西距二千四百余里，南北距一千五百余里。新纂皇朝文献通考则载：东西距四千余里。南北距一千九百余里。按：吉林东至宁古塔八百余里，又东至乌札库边卡七百余里，又东至松阿察河三百里，又东至海滨千余里，是吉林东境，实三千里有奇也。又自吉林东北至三姓一千二百里，又东北至富克锦五百余里，又东北至乌苏里江口七百余里，又东北至伯利，今俄名克博诺付克，顺混同江至庙尔，今俄名聂格来斯克，二千余里，是吉林东北境，实四千四百里有奇也。又自富克锦逾混同江而北，循黑江省东界。北至外兴安岭二千里有奇。又自珲春而东至海参崴，今俄名那吉洼斯克，又东至锡林河，七百里有奇。其中部落，若费雅部，居图库鲁、鄂古二河之间，在混同江北海滨，若贵雅额部，居额齐第河西，若贡貂部，居约瑟河北，若奇雅喀喇部，居约色河南，并在混同江东南海滨。其自混同江口西至黑勒尔，则济勒弥部居之，即金史之济喇敏也。自黑勒尔西沿混同江两岸，则额登喀喇部居之，即不薙发黑斤也。自阿吉太山西至伯利。则赫哲喀喇居之。即薙发黑斤也。诸部落久隶版图，比于编户。今自咸丰八年，爱珲之约定：凡乌苏里河口顺混同江东北至海滨二千余里旧界，属于俄，而以乌苏里河口为中俄新界矣。咸丰十一年北京之约定：凡属乌苏里河口沂流至松阿察河逾兴凯湖而西，至白棱河口，又逾大绥河而南至瑚布图河口，又南而西至图门江口以东旧界。暂属于俄，而以乌札库边卡瑚布图河口为中俄新界矣。光绪十二年黑顶子勘界定：珲春之海口暂属于俄，而以图门江口内去海三十里土字界牌，暂为中俄新界矣。

国会先开议院声，促行宪政动皇情。
提前厘定新官制，内阁依时组织成。

宣统二年十月初三日，奉上谕：前据各省督抚等先后电奏以钦颁宪法组织内阁开设议院为请。又据资政院奏称，据顺直各省咨议局及各省人民代表等陈速开国会等语，当将原折电交内阁会议政务处王大臣公同阅看。旋据该王大臣等各抒所见，具说呈进。又于本月初二日召见该王大臣等详细垂询，切实讨论，意见大致相同。溯自分年筹备立宪，期限定自先朝。朕仰承付托之重，夙夜兢惕，无时不以继志述事为心，既不敢少事迟回，亦不敢过形急切。前经都察院两次代奏呈请速开国会，均即明白剀切宣谕。彼时为郑重要政起见，诚有不得不一再审慎者。乃揆度时势，瞬息不同，危迫情形，日甚一日，朝廷宵旰焦思，亟图挽救，惟有促行宪政，俾日起而有功，不待臣庶请求，亦己计及于此。第恐民智尚未尽开通，财力又不数分布。操之过蹙。或有欲速不达之虞，故不能不验向背于舆情，决是非于廷议。今者，人民代表吁恳既出于至诚，内外臣工强半，皆主张急进，民气奋发，众论金同，自必于民人应擅之义务，确有把握，应即俯顺臣民之请，用协好恶之公。惟是召集议院以前，应行筹备各大端。事体重要，头绪纷繁，计非一二年所能藏事，著缩改于宣统五年实行。开设议院，先将官制厘定，提前颁布试办，豫即组织内阁。迅速遵照钦定宪法大纲，编订宪法条款，并将议院法、上下议院议员选举法、及有关于宪法范围以内必须提前赶办事项，均着同时并举，于召集议院之前一律完备，奏请钦定颁行。不得少有延误。总之，决疑定计，惟断乃成。此次缩定限期，系采取各督抚等奏章，又由王大臣等悉心谋议，请旨定夺。洵属斟酌妥协，折衷至当，缓之固无可缓，急亦无可再急，应即作为确定年限，一经宣布，万不能再议更张。尔内外各大臣，务当协力进行，时艰共济。各省督抚领治疆圻，责任尤重。凡地方应行筹备各事宜，更当淬砺精神，督饬所属妥速筹办，勿再有名无实，空言搪塞。必使一事有一事之成绩，一时有一时之进步，无论如何为难，总当力副委任。如或因循误事，粉饰邀功，定即严惩，不少宽假。顾官吏有应顾之考成，国民亦有应循之秩序，此后倘有无知愚氓藉词煽惑，或希图破坏，或逾越范围，均足扰害治安，必即按法惩办，断不使予宪政前途稍有窒碍，以期计时收效，克日观成，上慰先帝在天之灵，下慰海内喁喁之望，将此通谕知之。钦此。案：吉省举代表赴都合各行省国民代表请速开国会，东三省督抚宪亦与各行省督抚联衔奏请开国会，暨责任内阁，及闻有宣统五年开国会之旨，督宪锡复领衔合十六省督抚电军机处请代奏请于明岁实行。

衮衮群公会议初，广思集益聚簪裾。
施行要政重编辑，宣布多方报告书。

　　宣统元年六月，督抚会奏设立行政会议处，以督抚为议长，分设正副议员，以省城现任司道及旗务蒙务处总理充正议员，以娴习法政富于经验之人充副议员。嗣分巡四道亦委充正议员，现任府厅州县官亦委充副议员及额外议员。凡本省行政重要事件，咨议局议决执行事件，及应宣付咨议局筹议各种议案，概交该处开会集议。又将吉省各要政辑为报告书，月出一册，凡司道及官运咨议自治等局暨地方各正印官均月有报告书宣布要政。上司既有所稽考，同官亦互可研求，尤与庶政公诸舆论之意诉合。今官报即仿此编缉，改为月出三册，故体例最善。

指陈利弊口难缄，抵掌而谈自不凡。
议长议员边塞聚，官书一卷列冰衔。

　　吉省会议政务处议长及正议员系现任督抚司道暨旗务处总理。副议员系现任府厅直隶州知州。额外议员今改为副议员，系现任各县及设治委员。均有衔名可考外，其载于官报者，副议员为公署新政咨议官吴观察式钊、秘书官罗直刺惇燮、朱明府文涛、崔明府文湘、张直刺治仁、汪通守熙、提调万观察绳武、副提调高直刺翔、一等书记官胡明府锦灿、统计员留日法政学生徐君志绎、民政司佥事李观察致桢、交涉司佥事傅直刺疆、提法司佥事傅直刺善庆、提学司佥事何观察寿朋、度支司佥事卢直刺秉镕、劝业道佥事李明府德钧、高等审判厅厅丞钱察宗昌、高等检查厅厅长史观察菡、旗务处协理即补道文彝、蒙务处协理路观察槐卿、官立省中学堂沈直刺兆祎、两级师范学堂监督言内翰微、经征局坐办浙江候补府文锦、官银钱号兼陆军粮饷局总办饶观察昌麟、官银钱号帮辨陈观察继鹏、财政局坐办张太守弧、官运局总办吴方伯匡、会办张观察祖笏、清理财政局编缉科长留日法政毕业生吴君渊、造币厂总办辛观察宝慈、法政学堂监督瞿部郎方梅、自治研究所监督范君治焕、自治筹办处法制科长仇君鳌诸公。按宣统二年秋重订章程，衔名略有更换。

圣道尊崇典礼明，宫墙万仞起陪京。
上丁释菜人观乐，玉振金声集大成。

文庙在东门内魁星楼旁。近因诏升大祀。又经历任督抚率属捐廉，于小东门外购地另建，规模宏敞。

两三豪杰济时艰，末节繁文一例删。
破格用人能识骏，贤才跄济五云班。

吉省用人，奏明不拘资格，且将繁文末节概与删除，故得人较盛。附录：宣统三年四月，督抚宪奏保人才片：现充吉林督练处参议，东三省补用道王赓，前因通籍留学日本陆军，为前任东三省督臣徐世昌所知，调奉当差，深资得力。旋经云贵总督李经羲奏请调滇省，时值边务事棘，颇相倚重，未行，即随已故协办大学士戴鸿慈出使俄国。事毕后，自备资斧历游欧美，只身行廿余国，艰苦卓绝，为人所难能。该员当出洋之先，曾调充陆军协统驻吉办事，臣深喜得一臂助。后该员乞假游历，于本年二月回吉供差。因安徽巡抚臣朱家宝奏保人才，奉旨送部引见，请咨入都。臣覆查：该员器识宏深，通达治体，此次由欧美回国，闻见益恢。不独军事参稽具有心得，兼于中外大势、庶政措施，靡不宏揽大纲，洞彻事理。该员出身部属，现以道员候补。若专用之军界，臣犹惜其未尽所长，倘使效用之途稍宽，则其表见之功亦广，臣为爱惜人才起见。应如何量加擢用之处，未敢擅拟，除咨部外，谨就考见所及，附片具陈。

黜陟幽明庶绩熙，为惩为劝两无私。
地当边要居风宪，密递封章上玉墀。

中座位居风宪，故时有举劾。

致治持危铭与长，朱陈际盛局开张。
请修图志征文献，新政流传宪政彰。

同治年间，将军铭安奏请增设民官。光绪二十六年　京师拳匪之变，俄军至吉，将军长顺效死不去，卒与俄人订立章程，随机应变，地方赖以完全。及三十三年改行省，裁将军，设巡抚，始任为滇南朱中丞，一切草创，百度维新。次年八月，今中丞新会陈公莅任，加以扩充整理，更改旧观。惟通志从光绪十七年长将军创修后，将近二十年。现新政丰兴，宪政逐年筹备，地方或添或改，舆图分合，视昔不同，且地介两强，益形险要，似应续修。

陆防督练效兼收，帷幄居中善运筹。
痛剿绿林踪指示，元戎功业自千秋。

吉省于光绪三十三年，征有陆军一协之步兵两标，以第一标驻珲春，第二标以第一营驻省城，以第二、第三两营驻宁古塔，此外又有军乐一队，陆军警察一营（即宪兵）。分驻有陆军，各地设有驻吉兵备分处。至防军，自光绪三十四年，遵陆军部章，将捕盗四十营裁减编改为巡防马队十五营，步队十七营。嗣益以桦甸县之步队一营，计十八营，共马步三十三营，分为五路。中路步队五营、马队四营，计九营，驻省城、蛟河、大岭、山河屯、桦甸一带；前路步队二营、马队四营，计六营。驻延吉、珲春、大新立屯一带；后路步队三营、马队三营，计六营，驻宾州、五常、长寿、阿城、双城、夹板站一带；左路步队四营、马队二营，计六营，驻三姓及三姓之五站、塔城、蜂蜜山一带；右路步队二营、马队四营，计六营，驻新城、敦化、双阳、伊巴丹站、烧锅甸子、伏龙泉一带。各划地段，以重防务。巡逻周匝，以重剿务。原设巡防营务处，旋裁去，与陆军均归于督练处。督宪为三省督办，各抚宪为会办，以次有总办、帮办、参议、提调、文案、支发等官。宣统二年，奏准以防军归并陆军成镇，于十月朔成立，吉省素多胡匪，于先一年已奏派记名提督孟公恩远督办防剿事宜，今仍其旧，特加痛剿，民害顿除，所有著名大盗李三省、逸匪首要熊成基，均由抚帅饬属拿获正法。

乞救苍黎水旱灾，年年蠲振主恩推。
考求实业思贤吏，两汉循良妙选来。

宣统元年夏，大水为数十年所未见，蠲租振粟，极意抚绥，全活甚众。其余旱潦偏灾，亦时时入奏。

幕职需才自辟除，预参机密省文书。
提纲更得新猷赞，鸡塞从公借箸初。

今之一二三等秘书官暨书记官，即汉晋时之幕职，得自辟除公署。又置书记处提调二员，承上启下，赞画一切。其提调为准补五常府在任候补道、南昌万观察绳武，帮办提调为南昌沈直刺兆祎宣统二年三月委充吉林省官立中学堂监督，又委无锡高直刺翔接办。

愿公舆论开咨议，欲考民风重调查。
宪政分筹先务本，地方自治又萌芽。

光绪三十二年明诏立宪，三十四年宪政编查馆奏定自本年八月始，分九年筹备，以大权统于朝廷，庶政公诸舆论为主。而宪政内之咨议、调查、自治等局相因而及。宣统二年命各省督抚于署内设立宪政筹备处，因将元年所设之宪政筹备考核处改设咨议局，于光绪三十三年开办，三十四年九月成立，选定同知庆康为正议长，道员庆山、内阁中书赵学臣为副议长。调查局因光绪三十三年十月宪政编查馆开办编制、统计二局。奏请饬各省设立调查局，故将原有之宪政考查局改设，以提学司金事何公寿朋为总办。至地方自治系民政司总理，于光绪三十二年先办自治会，三十四年改为筹备。宣统元年遵宪政编查馆章，暂归咨议局筹办处兼理。九月，咨议局成立，改为地方自治筹办处，专办自治事宜。设地方自治研究所，省外各地方则设分所，先从城乡镇入手，而府厅州县之自治章程亦续经修订。并创办自治日报，分设讲习所。按咨议、调查、自治，皆因宪政而设，故附记于此。

> 一卷周官致太平，中西政要表同情。
>
> 治人治法无他术，塞上新猷次第行。

中国开化四千年，而文明之盛莫尚于周。故周礼一经，政法之精详，与今泰东西各国所以致富强者若合符契。吉省开通，视内地稍后，恰喜无积习，故新政次第推行，进步尚速。但有治人无治法，人存政举，中外同一理，无他术也。以上公署。

民政司　按：光绪三十三年始设民政司，奏请以存记道黔阳谢公汝钦试署司使。宣统二年六月，谢公告养，特简交涉使邓公邦述试署，始设司。时分设五科：一民治，二警政，三疆理，四营缮，五庶务，其卫生一项并入。设首科佥事一员，旋裁改总科长。宣统元年六月奏升为从二品，仿各省布政使兼管府厅以下升调补署事件。三年五月，邓公调充总理东三省财政，以朱公启钤接署。

> 警察城乡昼夜巡，诘奸除暴志安民。
>
> 总司铨政求循吏，泽布鸣麟抚字仁。

吉省警政。按表列，全省面积约一百八十万方里。现割分区域设警局之处，计城局二十三，乡局二十四，分区二百四十五。共计员弁长警一万二千一百余员名，每年额活支中钱五百九十八万零九百九十余千文。延吉由亩捐银二万两外，余由边务项下开支尚不在内。除省城拨有官款外，吉林四乡警费归吉林府与旗务处，征收大租时，带征各属收支。警饷亦一律改归地方官经理。城巡则设总局，乡巡则设分局，各有警务长。城内总局局长为郭公绍武。现又易以金公其相。大约以总局辖分局，而以地方官为之监督，归其节制。惟省城则城巡辖于民政司，乡巡辖于吉林府。省城设有高等警察学堂，现总办为江右段观察藩。各属设有教练，所以储警务人才。又有田野之警察，以护民屯垦户。有国际之警察，以保车站商埠。有山林水道各警察，以安林矿行旅。并饬各村庄编练预备警察二万数千名，俾其守望相助。而卫生中之洁清验疫等类，亦时时附见焉。惟地旷人稀，嗣后酌量情形尚须逐年推广。谢公在任时，曾两赴各属考查。

> 习艺兼筹教养方，大兴工作订新章。
>
> 平康欲救沉沦苦，女厂之中附济良。

宣统元年三月，民政司详送吉林贫民习艺所章程，并报开工日期由，奉批：所拟章程，尚属妥协，应准如拟试办。等因。二年四月，又会奏以工艺一端为教养兼资之本，饬民政司于省城巴尔虎门外建设工艺教养所。自上年十月开办，将原有慈善事业酌量归并。内分三部：曰习艺所，以教授年轻子弟学习工艺为宗旨，计设木工、靴履、皮革、机织暨染色、缝纫、印刷、酿造等共八科，毕业不限定期，以习成一艺能自谋生为断。艺徒额设一百四十名，其性质纯乎为教。曰女教养所，以妇女之有志工艺及贫寡孤幼不能自存者为合格，择妇女相宜之工艺，令其学习。并将济良所附设该所内，仍分别管理，以清界限而广裁成，其性质为教、养兼半。曰养济所，则收年迈病废之穷民，给之衣食。其尚能执业者课以轻便之工艺，不遽责以成效，其性质则纯乎为养。三者，盖以习艺所为本，而以女教养所暨养济所附属焉。按：二年秋由巡警局另设济良所。

改筑衙斋式不侔，江干楼阁亦兴修。
纵横马路平如砥，歌舞升平乐未休。

公署及督宪行辕督练公所就将军署添购民房扩充。劝业道署之实业研究所，就副都统署改设，暨自治筹办处咨议局皆略仿洋式。民政司署以巡道署改，度支司署以将军府改，交涉司署以粮饷局改，提法司署以满洲红旗官地建，提学司署及学务公所以正红旗官房空地建。文庙在东门内魁星楼旁。又经徐、锡两总督，朱、陈两巡抚率属捐廉，于小东门外另建。连同文武各级学堂，以及审判检察等厅，一依新式建造。故江干三江会馆，松江第一楼一带，俱起楼阁。马路已将大道兴修，两旁各修木路。北门大街全铺木路，各路夜然电灯，极利行人。若沿江再筑马路，遍植垂杨，则更善矣。德胜门外及西关与福绥门内熙春里，并有戏园伎馆，藉以招徕商旅。

招徕商旅在交通，议辟康庄众论同。
六干三支修路线，纵横南北道西东。

抚宪以兴地利首重交通，议于宁安、依兰、蜜山、绥远、临江、饶河、延吉、珲春一带大修路政，有六干三支之议，惜经费不敷，未能一时并举。

摇曳公园万柳条，农场工厂望迢遥。
居人共道江南好，愿法长虹驾铁桥。

吉省南门以江为城，近年生聚日多，颇形逼窄。对岸绿树荫浓，名为江南，仅隔一衣带水，建有公园及劝业道之农事试验场。西偏另建实习工厂，以为惠工之助。聘师招徒，分科教授，以当地所出为准。所织绸布毛巾，品质精良，染色亦能鲜艳。所编柳条箱篓，尤与日本无殊。蚕桑、山蚕两局亦设于是。两岸原有浮桥，宣统元年夏被大水冲去，现若驾以起重机能开合之铁桥固善，否则木桥亦胜于无。大兴建筑，辟作民廛商市，亦推广繁区之一端也。

难民安置法分三，慈善章程经济参。
事在必行筹款急，从知实惠不空谈。

吉林自治研究所官绅，以近年鄂省难民携儿带女纷至沓来，拟三策呈诸公署：一、授宅分田，使皆得所；二、择少壮任耕作，妇孺入工艺厂；三、酌留耐劳苦良民实边。其游惰者用火车、轮船押令回籍。奉批：俟饬民政司、劝业道妥筹办理。等因。

施医讵敢十全夸，妙药良方用不差。
保赤心殷苗试种，浆分牛豆替天花。

宣统元年六月，督抚会奏设立官医院，附设研究会。即于会内附设中医施诊所，兼引种牛痘。复筹设西医院，择地于通天街建造，迁并一院，分设中西二院长，各专责成。阐明医学，以保健康而济贫乏，诚善举也。向来民间畏痘传染，避忌极多，今布种牛痘，全活婴孩尤夥。

鼠疫流行要预防，吸收空气透阳光。
若非官府廑民隐，无数冤魂瓦罐装。

宣统二年季秋，鼠疫发生于黑省胪滨府之满洲里。俄而，盛行于哈尔滨商埠。俄人以瓦罐〔即车箱〕装赴病院隔离等所，日毙一两百人。新会中丞亲往该埠创办防疫局及筹善后之策，政府暨督宪亦派中西医官入会，活人无数。继而延蔓于黑省之呼伦、胪滨、龙江，奉省之奉天等府，吉省则以长春、双城、滨江为最，阿城、新城、榆树、宾州等处次之，省城、伊通、农安等处又次之。三省统共疫毙四万数千余人。朝廷轸念民依，兼恐或起交涉，手诏频颁，发帑金，施药饵，无微不至，诸大吏亦奉行不懈，得以转危为安。至三年二月疫方消灭，车航各路乃交通无阻，其间劳费，殊属不赀。各国良医在奉天开会研究，中国亦派大员莅会，尚无良法以治之也。窃谓吉省民间终岁闭户，不透阳光，无冬无夏，烧火炕，衣食住三者无一洁净，即无鼠疫，亦不免另生他疾，况时症之易传染乎？则平日之卫生，不可不讲求也。

禁烟立限诏书严，强种机关启厥缄。
毒草害人除务尽，花开罂粟一时芟。

洋烟之害将及百年。光绪三十二年，朝议禁烟。三十四年，前中丞朱公于省城设立禁烟总局，各府厅州县设立分局。是年仲秋，今中丞陈公莅任，重申禁令，改为禁烟公所，以禁烟之要不外禁吸、禁种。禁种是在于民，禁吸莫先于官。将部颁查验六项表式，分饬各属，据实填注。其迹涉疑似者，随时调查所验。余如军、学两界，稽查亦严。至绅商士民之一时未能净者，给购烟执照，令其按日递减，于总分各所，附设戒烟会，予以方药。其种烟土地共计二万零九十余垧，部议定于元年下半年起全行禁种，乃饬各属于春夏间一律禁绝，改种麻棉、麦谷、蓝靛、红花等类。吉省日俄铁道，袤长几二千里，凡路线界内，警察所不及之区，以及毗连俄韩地界，恐有私种情弊，又饬各交涉道与日俄领事商明示禁。雷厉风行，故一年即已禁绝。以上民政司。

交涉司　按：吉林介奉黑之间，昔少交涉。光绪二十二年，将军延茂以边界铁路路线绵长，奏设吉林交涉总局于省城，凡边务、矿税、森林之事，路电租借等类，皆隶焉。嗣以东清铁道广用吉境木植，又设木植公司，附于该局。二十五年，又以哈尔滨控松花江南岸，其北即黑龙江之呼兰界，江之下游经三姓而达黑河，入俄之伯力省，为吉黑两省紧要门户，又为铁路总支线集合适中之地，俄总监工拟设铁路公司，乃奏设铁路交涉总局于哈尔滨，以为抵制。并设分局于沿线各处，派员分理地方税务，铁路警政亦附属焉。华俄讼事，由公司派员会审于此。先是光绪五年，将军铭安奏请于宁、姓、珲三城，设承办洋务笔帖式，专办铁路、游历、保护、弹压事宜。二十四年，以伯都讷、阿勒楚喀铁路视三城尤繁，奏准援案添设。庚子拳匪之乱，俄占东三省一带，将军达桂时为候补同知，奉奉天将军之命，往哈尔滨讲款，婉转磋商，得以戢兵。其后定约，东三省地次第交还。三十年，日俄交阅，将军长顺令各处度地设局，以资保护，事定旋裁。三十一年，将军达桂会同黑龙江将军程公德全，奏请于哈尔滨添设道员，专办吉、江两省交涉并征关税，将前设之交涉局并入。旋以俄议不协，总局未撤，故滨江道犹兼总局会办。三十三年二月，奏请吉林、长春、哈尔滨三处，自开商埠，长春设交涉局，以长春府为之总理。三月设行省，总督徐、巡抚朱会奏，请设交涉司以专责任，又于长春设吉林西路兵备道兼理交涉。三十四年，新简司使江宁邓公邦述抵任，改省城交涉总局为交涉司，其附属之木植公司，则改归度支司经理。司使以下设首科金事一员。后裁改总科长。科分为三：曰互市、界约、总务。委用科长科员另设日俄英等语译员。宣统元年，奏请将分巡四道皆兼交涉，而交涉等局除哈尔滨外，皆渐裁去。是年冬，邓司使仍赴都陛见，以劝业道徐公鼎康兼署，旋升度支司使，仍兼署篆。二年四月，邓公回任，五月迁民政司使，而以滨江道施公肇基升任，未到任之前，仍由邓公兼摄。十一月施公内用，以东南路道湘中郭宗熙升署。十二月，郭司使兼署西北路道，以粤东辛观察宝慈代理。


日俄互閧严中立，辽沈同时讲外交。

终化干戈为玉帛，不令猛虎肆咆哮。


二百余年约最先，华俄疆域半毗连。

几经勘界碑重立，莫把防秋视柳边。

康熙二十八年与俄始订尼布楚之约，收回雅克萨徽地，立碑额尔古讷河畔，为二百余年无上之光荣。其界接吉林省者，沿外兴安岭至海山之南为中国地，山之北为俄罗斯地。惟乌底河以南至索伦河为瓯脱地。约既定，刊诸贞石，以昭大信。及咸丰四年，俄于我东海那穆都鲁地方与英构兵，乘船带兵驶入阔吞博勒必屯、奇吉屯及费雅喀人所居地庙儿地方，旧有分界石碑悉被凿毁。至八年方订爱珲之约，十一年续修界约，经侍郎成琦、吉林将军景纶、会俄官勘明界址。中俄交界以乌苏里及松阿察二河作为交界，其二河东属俄国，西属中国，建立书写牌文，一面汉字，一面俄字，上写俄国土怕倭那拉喀亦耶等字。嗣因牌博年久失修，光绪十二年，经督办边防大臣吴大澄、珲春副都统依克唐阿会同俄员覆勘黑顶子交界，将以前界牌八个换立石牌，并于不接处添立啦萨玛三字石牌，前后共立界牌十一个：珲春属界距图门江口三十里立土字牌；蒙古街立啦字界牌；俄镇阿济密与珲春交界之路立萨字界牌；瑚布图河源分水岭上立怕字界牌；塔俄交界大树冈子立玛字界牌；宁古塔属界瑚布图河口立倭字界牌；横山会处立那字界牌；白稜河源小漫冈上立拉字界牌；白稜河口立喀字界牌；松阿察河口立亦字牌；三姓属界乌苏里河口立耶字界牌，此屡次分界之大要也。至吉省边隙巴彦鄂佛罗边门，在省城正北一百八十里，为伯都讷、黑龙江往来孔道，东北以额塞里河为界，边外皆蒙古科尔沁等部地。伊通河边门在省城西北一百八十里，赫尔苏边门在省城西北四百六十七里，布尔图库边门在省城西北五百六十八里。以上四边门旧皆统于吉林将军。东自吉林北界，西抵奉天开原县威远堡边门，长六百九十余里，遮逻奉天北境，插柳结绳以定内外，谓之柳条边，亦名新边。高宗御制诗集，有柳条边诗。侍臣刘纶、汪由敦、金德瑛皆恭和。

### 分界东西廿里遥，图门江口去来潮。
### 珲春字是绥芬误，修约须申第一条。

光绪十二年曹观察廷杰时以游俄劳绩送部引见，呈管见十六条于政府，当以第一条咨行分界大臣查照。兹从东三省舆地图说附刻本内，节录于后，俾谈时务者有所依据焉：图们江口地属要害，宜据约划归中国也。查咸丰十年十月初二日，中俄续增条约第一条内议定两国东界，其由什勒喀、额尔古纳两河会处，以至自白稜河口顺山岭至瑚布河口〔白稜河，即舆图兴凯湖西北之乌札瑚河；瑚布图河口，即今之三岔口，在双城子西〕，两国划界本自分明，按图辨方，亦无疑义。惟云"再由图布河口顺珲春河及海中间之岭至图门江口"，则考之山川，无此形势，当日条约必有舛讹。盖瑚布图河与珲春河，中隔大岭，南北分流，距数百里，何能由瑚布图河口即顺珲春河乎。况上文以白稜河与瑚布图河中隔山岭，既明云："自白稜河口顺山岭至瑚布图河口。"则此处如果指珲春河，亦当云由瑚布图河口顺山岭至珲春河，万不宜云由瑚布图河口顺珲春河也。且接云"及海中间之岭至图们江口"，今由珲春河至图们江口，江流一线，陆路歧出，固无所谓海。图们江口外亦无所谓海中间之岭。则云"由瑚布图河口顺珲春河及海中间之岭至图们江口"者，殆子虚之言耳。窃以为条约珲春河，应即绥芬河之讹，若云由瑚布图口顺绥芬河及海间之岭至图们江口，其东皆属俄罗斯国，其西皆属中国，不但文义通顺，且山川形势，历历可指。所谓顺绥芬河及海中间之岭至图们江口者，皆有实据。则俄人现在占据之蒙古街、阿济密、岩杵河、摩阔崴等处重镇，均宜归还中国。中国即于其处设镇屯兵，以固根本，而护朝鲜，庶几东北边防，固于金汤。万一俄人狡逞，不以绥芬为界，则宜划图们江口以东二十里之地为中国界。盖条约云"两国交界与图们江之会处及该江口相距不过二十里"，是明明言中国于图们江口尚有二十里之地。证以上文"及海中间之岭至图们江口，其东属俄罗斯国，其西皆属中国"数语，知当日立约时原以图们江口属中国，图们江口以东尚有中国二十里之地，故云其西皆属中国。若依俄人以图们江口数十里之地尽归俄有，是东皆属俄罗斯国，西皆属朝鲜国，和约之所谓其西皆属中国者，竟无寸土可指，有是情乎！

吉北韩南溯水源，天然国界在图门。

不因都护争持力，间岛何由辟妄言。

国朝龙兴东土。崇德二年，王师再胜，韩王举国内附。开国以来，虽未遽于属国之界，断断焉重为勘定，然恭读仁庙谕大学士等谓："白山之西，中与韩既以鸭绿江为界，而土门江自长白山东边流出，东南入海。土门江西南属朝鲜，东北属中国，亦以江为界。"此处俱已明白，但鸭绿、土门二江之间，地方知之不明，因派出打牲乌拉总管穆克登往查边界。穆克登遵旨查边，寻长白至小白山顶审视，鸭绿、土门两江之源，均发轫于分水岭，故于岭上立碑。其文曰：穆克登查边至此。审视，西为鸭绿，东为土门。既寻得土门江源，遂商之朝鲜接伴使朴权等。欲自江源至近该国茂山处设界栅，以杜侵越。朴权等利其速行，以督工自任。后此种种疑案，遂由此而生。光绪纪元以后，图门江一带韩民越垦日多。七年，吉林将军铭安督办边务，吴京卿大澂奏准将韩垦民分归珲春、敦化管辖，入我版图。嗣韩王奏恳，愿将流民刷还。九年，韩经略使招回流民，而流民恋兹乐土，计无所出，乃混指豆满、图门为两江，石碑封堆为分界，饰词强辩，冀免驱逐。十一年，韩王据一面之词，辄以勘界为请，奉旨允之，于是派珲春协领德玉、朝鲜商务委员秦瑛、招垦局委员贾元桂，会同朝鲜安边府使李重夏履勘江源。嗣查明图门江源三：一南源为西豆水，一正源为红丹水，北源为红土山水。〔按北源乃石乙水。红土山水又为石乙水之北源。红土、石乙合而东南流以汇于红丹水，当时尚未深悉。〕惟红丹水在白山东，正对鸭绿江源，与碑文东鸭绿、西土门之意相合。且勘明原碑应在三汲泡之分水岭上。今碑实为后人所移，因定以红丹水为界。而韩员知江已勘明，则前所混称海兰河、布尔哈河，即土门河，亦即交界江之说已难强辩，乃改而专执长白山之碑堆为据，舍江流而求土门，舍图门江源而求松花江源。语皆无赖，遂各绘图而罢。十二年，更派德玉、秦瑛、方朗，会同韩使李重夏覆勘。十三年，同勘茂山以西之江界。盖茂山以西，自延吉至珲春。原有天然界限，更无可议也。此时我勘界员见图门江界既已勘明，所来决者不过源头数水。适又查明石乙一水，实为图门江北源，虽非江源之正，略与原界不合，而发源处尚在白山东麓，遂姑退让数十里，循石乙水为界，以稍餍其心，免致此案久悬。乃韩使虽已知图门、豆满为二江之误，复知土石封堆方向不合，已更无可抵赖，遂又改而争红土山之一小水，以为图门之源是其无据之说，至此已三变矣，终以碍难曲从，又仅各绘图而罢。而当时所拟设之界牌，亦因此定而未立焉。然斯时所争持未定者，仅土门江源、红丹、石乙、红土山三水耳。而前此所指布尔哈通河、海兰河为图门江，及指封堆为界标，有土如门为土门之伪说，皆经两次勘明已不敢更道及之矣。而图门江之为国界，久无异议，更无论焉，此为吉韩勘界之案。不意甲午一役，日在韩城与我构兵，强欲韩之自立，实以遂其侵略之谋。及讲款事定，二十八年，韩民越垦珲春一带之地，为我新设之延吉厅及和龙分防经历所辖之一小部分，韩民数已五六万。洎乎三十年日俄战罢，而日人扩张之势力思于韩发其端，既羡图门江北农产之沃饶，夹皮沟金矿之美富，长白山森林之丰茂，且得之可以拊海参崴之背，而断俄人之左臂，于是视线所集，一若舍延吉无以为进取之基者。始则借假江之地，别为间岛之名，继且绘入韩国之境界，盖图门江为天然界限，铁案难移，故欲藉土门等种种音讹，淆乱万国之视听，其用心亦狡矣哉。三十四年，东三省总督为徐公世昌。署珲春统副为今中丞新会陈公昭常。徐公以延吉交涉紧要，非都护不能当此重任，请诸朝，命带印赴延督办延吉边务，而以陆军正参领楚北吴公禄贞副之。其军队则边务开办伊始，由驻长陆军第三镇调拨步队十二标二营右后两队。是年将该营前后两队暨马三标一营后队，陆续调集，分驻各要屯。此外工程一营、屯田一营，系边务自行组织，又由宪兵讲习所成宪兵队，并设测绘学堂，及陆军医院。巡防营之前路六营，亦归边务节制。又岁拨款六十万两，以作经费。吴公先奉檄为调查员，既率属绘成交界细图，上考史乘，中稽界碑，下采舆论，复旁参列国之舆图记载，证以日韩之邦志，断以国史，及诸名家之著述。其属周君维桢，王君国琛，襄助搜讨，成延吉边务报告书若干卷，就正于都护而刊布之，以破其间岛之影射附会，藉为战守之资。都护更持以毅力，以延吉为祖宗发祥之地，尺寸不肯让人，据理力争，艰险不惧，日人卒心折而罢。则今日延吉之完全领土，诚都护百折不回而得之者也。都护旋简任吉林中丞，时吴公因有要公在奉，将边务交涉委帮办道员傅公良佐就近经理。宣统元年傅公因病请假，督抚会奏保吴公为督办，内称：该员到延吉以来，将及两年，以一身为抗御保存疆土，实属著有勋劳，请升授陆军协都统，并加陆军副都统衔，督办延吉边务。得旨允行。吴公接办，于善后一切，亦能措理裕如，萧规曹随，世并称焉。是年七月，日使伊吉院彦吉与我外部尚书梁公敦彦在京直接定约，略言：第一款，以图门江为中韩两国之界，其江源地方自订界碑起至石乙水为界；第二款，开放龙井村、局子街、头道沟、百草沟为商埠，准各国人居住贸易，日本国政府可设领事馆或分馆；第三款，中国政府仍准韩民在图门江北垦地居住，其地界四址另附图说；第四款，图门江北地方杂居区域内之垦地居住之韩民，服从中国法权，归中国地方官管辖裁判，中国官吏当将该韩民与中国民一律相待，所有应纳税项及一切行政上处分，亦与中国民同。至关系该韩民之民事刑事一切诉讼案件，应由中国官员按照中国法律秉公审判。日本国领事官或由领事官委派官吏可任便到堂听审。如日本国领事官能指出不按法律判断之处，可请中国另派员复审，以昭信谳；第五款，所有图门江北杂居区域内韩民之地产房屋等，由中国政府与华民产业一律切实保证，并在沿江择地设船，彼此人民任便来往，惟无护照公文不得持械过境。杂居区域内所产米谷，准韩民贩运，如遇歉收，仍得禁止。柴草援引照办；第六款，中国政府将来将吉长铁路接展造至延吉南边界。在韩国会宁地方与韩国铁路联络，其一切办法与吉长铁路一律办理。至应何时开办，由中国政府酌量情形再与日政府商定；第七款，本协约签定后，本约各条即当实行。其日本统监府派出文武人员，亦即从速撤退，以限于两月退清。日本国政府在第二款所开商埠亦于两月内设立领事馆。缮备汉文日本文各二本，即于此约内签名盖印。中丞闻之，电达政府，详言得失。而于吉会联络铁路及日员听审两条，争之尤力。八月以界约既定，复亲赴延吉巡边，察度情形，设立各级审判检察等厅，并派巡警于日本撤退之时，节节填扎。二年正月，督抚会奏将边务处裁撤，以节省经费。二月吴都护交卸督办入都，旋内用蒙古副都统及镇统。四月督宪锡以边务大定，胪陈原办大员成绩，内称：中丞对待外人，抚驭韩侨，力持大体，操纵咸宜，并在延吉兴学校，办屯田，练宪兵，设巡警，以及通电修路卫生各项要政，无不次第举行，故能保守主权，奠安疆宇等语。得旨赏给头品顶戴。现延吉已由厅升府，又移原驻珲春之东南道驻延吉，农商工艺矿冶森林之实业，日臻发达，屹然为东南一重镇焉。

南满东清界限严，分行轨路不容添。

喧宾夺主防尤力，常恐均思利益沾。

光绪二十三四年间，驻俄使臣许公景澄等，与华俄道胜银行先后订立合同，设立公司，兴修铁路。至二十九年告竣，名曰东清铁路公司。西由黑龙江胪滨府之满洲里驿起，东至吉省之小绥芬驿止，计长二千八百一十六里，是为干路。其自哈尔滨分歧，南向至旅顺口止，计长一千八百二十里是为南满枝路，而大连湾、营口两路又为枝中之枝。日俄战后，由长春之宽城子起。转让于日本，谓为南满铁路。查此项铁路系中俄合办之一部分。俄虽让于日，而我国合办之权利与已投之资本固在也。诘问再三，日人乃谓由血战得之，亦太不讲公法矣。而东清铁路又有展地之事。三十三年七月，俄人欲由小绥芬交界站起，西至阿什阿车站止，共需地五万五千垧。经将军达桂饬滨江关道与该公司总办霍尔洼磋议未决，旋由俄使璞第与我外务部直接定议，遂立展界合同焉。

铁道纵横接日俄，每因交涉费磋磨。

法权国籍如遵守，那患夷民越垦多。

日俄交涉，关乎铁路者，多有铁路巡警之交涉，铁路捕匪之交涉，铁路税务之交涉，铁路购地设站之交涉，他如航业、渔猎业并各项营业，以及开矿伐木等事，均须随机应付。而东北一带，珲春、临江、依兰、蜜山等处与俄接壤。东南一带，敦化、濛江、延吉、桦甸各属与韩毗连。故越垦者，有俄人、韩人两问题。光绪十六年，将军长顺曾有韩民之越垦者，概令剃发归顺之议。现中韩约内有受我法权一条，已于延吉设有检察、审判等厅，又由宪政编查馆定有国籍法，韩民之入籍者已居多数，俄人自应一律。

路政先须审地图，从违智不惑歧途。

吉长吉会分轻重，自筑人为况又殊。

吉林省城至长春铁路二百四十里，前因东清铁路工竣，俄人希冀展筑，屡以为言。吉林将军长顺恐利权旁落，于光绪二十八年六月估定建筑工费应需银二百六十万两，奏请专归中国自办。经外务部议，以请饬户部先筹的款银八十万两以为基础，不敷之数即由吉林就地筹集华商股分。旋准户部议，今将吉省自筹暨招商之一百八十万两拨给，奉旨依议。而俄人时以归华自办之难，归公司接办之易，屡向絮聒，将军长顺等坚词驳阻。彼终未甘，一再渎请，复有与公司拟定合同十六条，改归公司修造之奏。未几，日俄构兵，无暇及此，年余未经提及。将军达桂以草案逾限，应归无效，仍向争回自修。于三十一年十月，拟将吉省官帖、银圆两局余利及公款内动用，先期购料兴修，奏请饬北洋大臣袁世凯督办，朝议韪之。三十三年三月，准外务部咨：吉长铁路已与日本林使商订条款七则，奏准通行到吉。此约内载吉长铁路借款合同办法：其辽河以东一段所需款项向南满公司筹借一半，吉长铁路所需之半数，亦向该公司筹借各等语。约既宣布，自难反汗。吉省绅民不识事实之内容，援苏杭甬之例，欲争回集股自办。一时潮涌波翻，几不可遏、不知苏杭甬草约，系银公司一商人之资格，且逾限不办，约早作废，江浙人争之宜也；而吉长铁路则根据条约，关于国际交涉之问题，既经政府画押，岂易取销。三十四年秋，今中丞陈公抵任，以此意明白示谕绅民，亦遂无言，旋将路线勘定。两国交涉亦经邮传部会咨外务部派铁路局长梁士诒与日使阿部守太郎商定续约七条，奏准借日币二百一十五万圆，年息五厘九三扣。宣统元年九月，邮传部来咨内开：吉长铁路将次开办，前经派麦道鸿钧为总办，长春道颜道世清为会办在案，麦道现请病假，改委存记道傅道良佐为总办。除全路购地及查办路款暨接洽地方绅商，由颜道主持会商办理外，余由傅道主持，毋庸会商，以期迅捷。等因。是年冬，订有购地章程二十二条。二年四月朔开工，约计三年秋，可以开车。虽借款自修，然交通极便，视吉会联络之约，利害迥然不同。

开埠通商各设关，税章遥共约章颁。

舟车来往飙轮速，盛世航梯遍海山。

光绪元年五月，督抚会奏略谓：吉省开埠之区，为吉林省城、长春、哈尔滨、珲春、三姓、宁古塔六处。以吉林省城、长春、哈尔滨三处最关紧要。哈埠为俄铁路总站所，彼国逐岁经营，已成屹然重镇。及我国宣告自辟商埠，则已人取膏腴，我得边瘠，人有市场，我无商埠矣。若夫长春，为日俄铁路之交点，日之视长，犹俄之视哈，数年以来，渐次规画，其车站界线以内，固已阛阓相望，商务勃兴，节节布置，不遗余力，可为戒惧。吉林省城三年以前，有俄人而无日商，近稔之中，渐有来者。一俟吉长铁路开工，各国商民联翩而至，日人之最占多数，当可预料。我若无已经成立之商埠，恐又蹈哈埠之前辙。是以开埠一事，断不能以款项无着再事因循。查两埠购地、筑路、建屋、设警诸要端，切实估计，非有款各一百万，必难视厥成功。恳请饬度支部，拨借经费二百万，分三年请领。俟吉长设关征税后，陆续归还，旋奉朱批允准。吉林省城开埠局，委交涉司金事傅强为局长，而以交涉使督率之。长春开埠局，委准补新城府张鹏为局长，而以长春道督率之。至哈尔滨之滨江关，三姓之护江关，珲春之珲春关，皆已设立，照章征税。

> 裁判华夷诉讼平，招工传教订章程。
> 外人若纳中邦税，商业何妨大小营。

凡有交涉之区，皆设检察审判等厅以理诉讼。其招工、传教一循定章。又定有中外营业各税并外人租屋章程。以上交涉司。

提法司　按：吉林未设行省之先，一切刑名词讼由将军署之刑司核转。光绪八年，奏设吉林分巡道兼按察使衔，将吉林、伊通、敦化、长春、农安、伯都讷、五常、宾州、双城等厅州县民刑案件，改归该道核转。而各城副都统所属旗人案件，由各副都统迳达军署，仍归刑司核办。三十三年四月，钦奉上谕，设吉林提法司，掌理全省民刑，总汇监督各级审判，检察厅及办理司法上行政事务，而以省内外罪犯各狱所附属焉。是年六月，司使滇南吴公焘莅任，将历年所办已结未结案移司汇核办理，是为司法独立之始。三十四年二月，复将刑司裁撤，归并提法司。旋遵部章，分设四科：曰总务，曰民事，曰刑事，曰典狱，仍设首科金事一员后裁改总科长。至各级审判检察厅，则光绪三十二年八月，已将行营发审局所设之裁判所改为高级审判厅，三十四年，复于省城增设各级审判厅，以原有之高等审判厅改为吉林府地方审判厅，办理境内民刑诉讼案件。设吉林府第一、第二初级审判厅，办理境内轻微案件。另设高等审判厅，办理全省上控案件。各厅均附设检察厅，以维持监督之按照定章，凡不服初级审判厅判结之案，准赴地方审判厅申理，不服地方审判厅判结之案，准赴高等审判厅申理。以补用道钱公宗昌为高等审判厅丞，奏请以存记道史公菡为检察厅长。现初级地方审判检察厅，长春、延吉、宾州、新城已设，珲春、农安亦设分厅。

> 审判厅连检察厅，民刑两事各开庭。
> 三权独立先司法，明允皋谟有典型。
>
> 所开讲习养人才，审判精研法学该。
> 明诏现行刑律布，甘棠先向帝乡栽。

光绪三十三年，筹设审判讲习所，招学员一百二十名，讲求中外法律、章制三学期，至宣统元年毕业。其前后设立者：为监狱科、司法巡警科、司法养成所。又设立司法会议所，以研究法学，并刊布提法官报。二年春，诏颁现行刑律，吉省亦已实行。

删繁就简律新修，参合华洋说理由。
六埠通商厅设半，强邻治外法权收。

吉省通商六埠，皆应设商埠检察审判等厅，除省城、长春、珲春现移延吉，三埠已于宣统二年设立外，余若哈尔滨、三姓、宁古塔三处，亦限于次年设齐。

田产婚姻契约明，仿行登记自边城。
鼠牙雀角无人讼，一纸潜消两造争。

宣统二年六月，法司吴提议：以吉省已立审判厅，各处每年民事案件，田产婚姻居大多数。如关于田产，则盗卖冒占隐匿重售伪造文契之事层见迭出；关于婚姻之事，则一女两聘，伪造婚帖及悔婚之事纷至沓来。各厅员既无实在证据之可查，又因两造供词之各执，欲下判决，万分为难。因思各国设有登记制度，附于区裁判行之，既于人民得所保障，复于司法费用有所取资，一举而数善备焉。拟于延吉府先行试办，然后推于各处，亦清讼之一道也。

监狱从前制未完，经营省狱示其端。
伤痕检验沉冤洗，学习平时不惮难。

宣统元年八月，法部议覆御史麦秩严改良监狱一折，吉省法司因详定改良各属监狱办法。省城旧有大狱一所，建于康熙十五年，向归刑司管理，湫隘不堪。光绪三十三年九月，另择司署旁满洲红旗官地一区，请建省狱，越一年落成，改从新式，以作模范，又督抚会奏以折狱莫重于人命，断狱必准，诸尸伤检验一事，实司法之要图，改仵作为检验吏。比照吏员，给与出身。设立检验学习所，由各府厅州县考选，年在二十岁以上，文理通顺者送省，考取入所肄业，学科以洗冤录为主课，而以医学，生理、解剖、理化、法律、国文、修身、体操附焉。至一切形模标本、器械亦均备购。

习艺分科教罪囚，折工年限代徒流。
精勤不只谋生业，化莠为良智虑周。

省城罪犯习艺所，系光绪三十三年前将军达桂创设，归吉林道管辖。改省后，隶提法司。旋经详准整顿办法，聘工师教制操靴，另设织工、缝纫工、木工三科。织工专制地毡、门帘、垫褥等物，并兼织带巾；缝纫工专制军衣、操帽，并代铺家定制各种衣服；木工专制西式桌椅、框匣及各种精致器具，兼学油漆以臻全备。以上提法司。

提学司　按：吉林向无学政，由奉天学政兼理。生童岁科试，赴奉天寄考。同治九年，绅士于凌云、庆福等始在学宫东偏捐建考棚名曰吉林试院，经前将军奏准：嗣后吉林岁科两试，奉天学政如期按临，并准黑龙江生童附试。著为令。光绪庚子后，各直省奉诏兴学。吉省以四郊多垒，未遑设立。三十年十二月，乃遵部章于省城先立学务处，就旧有书院改设。先后就书院、义学改建师范学堂、五关小学堂、昌邑屯白山小学堂。三十二年四月，廷议裁撤各省学政，改设提学使司。提学使统辖全省学务，归督抚节制。二十日，奉上谕，吉林提学使着吴鲁署理。钦此。吉林学务始有崇职。是年冬，提学使吴公自日本考察回国，十一月，到任视事。遵章将全省学务处裁撤，即以该处房屋改作学务公所，并据学务处总办黄比部琮将所有收支各款移交接收，遴委议绅课员分科任事。计设总务、普通、会计、图书四课，其专门实业两课暂行缓设。三十三年，改设行省，仍遵新章设首科佥事一员后裁改总科长。三十四年，吴公内用，特简长沙曹公广桢继其任，乃极意整顿振兴。至宣统元年二年间，凡中小学、蒙养、男女师范、女子两等小学、农工商矿等实业学堂，一律建设。计全省学堂已有三百余所，内官立者二百数十所，公立者四五十所，私立者仅数所。又简字半日各学堂八百余所。二年夏五月，又捐廉奏设图书馆，首储四库之书，兼收五洲之本，附设教育品陈列所，分类罗列，俾学者于钞诵之余，得收博览之益。暂就省垣初等小学堂闲屋开办，并将书籍图画减价发售。又设阅书报室，提倡捐置各书籍，以网罗旧闻，扩充新识。前学使吴公亦曾捐廉五千两，因建官立中学堂，早经挪用，故此次创办不易云。

教育师严道自尊，普通功课进专门。
学堂各级因时立，馆辟图书试讨论。

殊途未必尽同归，宗教尊崇孰是非。
广布春风时雨化，菁莪棫朴蔚邦畿。

吉省宗教各殊，甚有流入邪教者。今学堂遍立，泽以诗书之化，自易殊途同归。

遐迩分行视学员，考查庠序遍三边。
白山黑水陪都地，首把朝廷德意宣。

省视学六人，由学使详请督抚札派，承学使之命令，巡视各府厅州县学务。府厅州县视学，每处一人，由学使札派兼充学务总董，常驻各府厅州县城，由地方官监督办理学务，并以时巡察各乡村市镇学堂，指导劝诱，力求进步，暨改良私塾。又在省垣创设劝学总所兼宣讲所，为各属模范。省垣又有三路宣讲所，现府厅州县亦多设焉。

> 法政长期与速成，东西中学撷精英。
> 闻风千里能兴起，讲义分颁校外生。

光绪三十三年，前将军达桂奏准：以课吏局改设法政馆，委钱道宗昌为总办。旋在德胜门外建筑法政学堂，招考学员二百名，自费生二十名，以育人才。宣统元年，吉抚照宪政编查馆咨开：会同吏部奏准，切实考验外官章程，饬各省仿京师法政学堂之制，设立法政学堂，令保举、捐纳两项人员，及招考之士绅，入堂肄业。长期者三年毕业，速成者一年毕业。又采湘省法政官校，附自修科，遍发讲义之意，令各省除应入学堂各员仍分别入堂肄习外，其余无论现任及有要差者，均须领取该学堂讲义，自行研究，遇有疑义，随时函询学堂答覆，每届一学期，将所圈讲义及研究心得，作为笔记，卒业奖励，准其与本省士绅一律办理，以昭激劝。吉省已于二年春间遵章开办，现监督为保靖瞿部郎方梅。

> 足贵天然不用缠，婚姻太早恐伤年。
> 神权迷信尤虚幻，汇人鸡陵劝俗篇。

满蒙妇女向不缠足，汉族久居，亦多潜与之化。惟新至官商士农之眷属，尚不免为俗所囿。近年有天足会演说：令已缠者解放，未缠者禁止，此风亦渐改矣。又婚嫁太早，于力学卫生均有妨碍，以及庙会等类，近于迷信神权，教育，官报于改良风俗，三致意焉。按鸡林，一作鸡陵。

> 生聚迁移庶类蕃，讲求实业富元元。
> 女师保姆皆传习，蒙养规模幼稚园。

生聚日繁，宜求实业。吉林各项实业学堂已渐设立，省城女子师范学堂内附设两等女学堂及保姆传习所。又有蒙养学堂，即师幼稚园之制。以上提学司。

度支司　按：吉林财政，向皆分隶于户司及税捐各局，苦乏统一机关。光绪三十三年改行省，设度支司一缺，以奏调存记道闽中陈公玉麟试署。十二月奉朱批：着照所请。钦此。是月到任，一切职守照各直省官制通则，专管租赋、仓粮、银库、旗营、官兵俸饷，及各项财政出纳事务。并照吉林添设司道各缺原折，就从前之户司并设，以山海土税局、烟酒木税局、饷捐局、粮饷处、木植公司、官帖局、官参局、参药税局、宝吉局、银元局，先后归并。此度支司成立之大概情形也。此外改章征收者，有山海税局。裁并者，有宝吉局并银元局，参药税局并山海税局。内木植公司易名为木票局。新增者，为官运局。整理者，为官帖局，附设发行银票处。其设科分职办法，照吉林添设司道各缺原折，先设首科佥事一员，后裁改总科长，余暂缓设，而以委员分任其事。首科佥事，掌承度支使，总理各项财政事宜，并领各科。科分为三：曰总务，曰赋税，曰俸饷。总务科设文牍、稽核、会计、庶务四股；赋税科设粮租、税厘两股。税务科专管收入。俸饷科专管支出。而以总务科总集其成。凡司署所设各局所及地方府厅州县文件，均以类附属。各科各局向皆有总理专办，今则局仍其旧，其总理皆改为帮办，以一事权。宣统元年闰二月，陈公奉旨补授，四月赴都陛见，以道员粤东黄公悠愈署理，九月回任。二年正月陈公开缺，奉旨以劝业道嘉定徐公鼎康继其任，旋补授。

岁计盈亏职度支，清厘财政算无遗。
税捐饷俸诸科掌，圜法银行要主持。

吉省财政困难情形，具于元年闰二月初八日督抚会奏一折。内略称：查吉省从前入款每年约共银二百一二十万两。其收入款目：曰大租即地粮，曰饷捐即七四九釐捐，曰田房税，曰烟酒木税，曰山海税，曰斗税，曰参药税，曰木植票费，曰官帖局，三成余利，曰户部协饷。以上各款以捐税为大宗，而惟饷捐为尽征尽解。其他均系各衙门派员包额征收。经征者，除解足额款外，悉归中饱。自前任将军达桂临卸任时，始于请停协饷案内，将加征之烟酒木税款项提出，而入款岁增五十余万两。自改省设度支司后，经臣等将山海税、斗税及各税捐一律改为尽征尽解，复饬将旧时所有规费酌提入公，而入款又岁增二十余万两。综计每岁入款约共合银二百七八十万两，比旧额计多加七十万两有奇，是为今昔岁入之比较。又查从前出款每年约共银二百余万两，收支相抵，尽可敷用。自改省后，需用浩繁，除公署及五司各道本衙门公费外，其隶于各司道者，则有省垣及各属巡警费，新设治各府厅州县之补助费，征收税务及其他，关于理财费，各项学堂及其他，关于教育费，各级审判检察厅监狱及其他，关于司法费，设关开商埠及其他，关于交涉费，垦务矿务及其他，关于实业费，其不隶于各司道者，则有军政费，边务费 旗务蒙务费，交通费，禁烟费，筹办咨询自治资，此外尚有一切开办费，建筑费，及常年活支各费。总上所列，共每岁约支银五百万两，比旧额约加多三百余万两，是为今昔岁出之比较。就光绪三十四年出入核计不敷之数，约银二百二三十万两，加之奉部停拨饬归自筹之款，则有延吉边务费六十万两，三省分摊陆军混成协一协原饷七十余万两，除本年豫算之应兴应革各要务，尤须特别巨款不计外，合前并计不敷已共银三百六七十万两矣。〔按吉省宣统三年豫算，岁入，共银八百四十四万零七十余两，岁出共银九百三十四万二千七百一十余两，出入相抵，计不敷银九十万二千六百四十两有奇。〕从前吉省财政系将军衙门户司综管，历任交代，向少清查，拉杂纷乱，不可究诘。而各税捐等局又各立机关，如省城之烟酒木税向归将军衙门，山海税则归副统衙门，斗税则归吉林道，民税则归地方官。缺分之优腴在此，财政之紊乱，亦在此。税权不一，名目孔多，实归公用，十无二三，以致农商并困，百度未举。今虽力清积弊，咸与维新，但已免各项浮收，正额固自官限，而欲议别筹捐款，民困实有难堪。再四熟思，殊乏良策。然此犹不过财政困难之一端耳。其最为危险，最难整顿者，则为钱法一事。曩岁，虽曾经设银圆局，鼓铸银圆，而所铸本属无多。继设官帖局，逐年增发，漫无限制，底货日空，遂成不换纸币。而官帖又决难通行外省，以致现货几于绝迹。市廛即间有外来者，转瞬旋复输出。市面周转，全恃官帖。官帖日多，现货日少。现货愈贵，官帖愈贱。近日银锭一两，约值官帖五千有奇。龙银一圆，约值官帖三千有奇。小民所重在日用，持不换纸币则何所得食。商货必运至外省，照如此银价，则所损实多。是以百物翔贵、民病莫苏、商业寝衰，国计亦困。即就饷捐一项计之，前岁收吉钱六七百万串者，已锐减至三四百万串。萧条景况，大概可知。再越数年，何堪设想。且外币势力乘虚而入，哈尔滨以东已成俄币范围，延吉一带将为日币范围，长春等处则成日币俄币交争之范围。去年以来，日俄银币一圆均约换官帖四千有奇，亏折情形实较英镑尤剧，长此侵蚀，伊于胡底。此诚吉林财政困难之最大原因也。臣昭常到任后，与臣世昌反覆筹商，特将从前将军衙门所收烟酒木税及原有捐税各局之例规，概行提出，不敢稍留私利，有负国恩，约岁增银七八万两，如田产税契赢余，向归各地方官，饬酌提归公，约岁入银十余万两。如吉省食盐向皆运至外省，饬兴办吉林官运局，约岁入银五十万两。更饬度支司将省外各税捐局次第裁撤，于省城设立税务处，各属陆续设统捐局，将所有税捐一并征收。统计以上各项，约较前岁增银八九十万两。现仍力求扩充，以期将来之进步。并拟筹办营业税，改良税捐，以为商税统一之法。凡现时进款之可筹较有把握者，大都尽于此矣。至补救钱法，势非速铸，现货决难济官帖之穷，故臣等于去冬奏准搭铸铜圆，并饬于官帖局附设发行银票处，行使银票、银圆票，以昭信用，而便商民，且为收回官帖之豫备。但计从前所发官帖已约在四千万串以上，至少亦须百万余两现银。随时鼓铸，方足以资周转。但此犹仅为挽救现状而言，如欲永杜流弊，非筹设官银号不可，因拟于省城设总银号，更于各属之大市场及奉江两省之通商各处各设分银号。盖必有总银号，以便汇款存款，则金融方能活泼，而现货庶不致溢出。必有分银号，以便发款交款，则银号方有信用，而纸币遂易于通行。如此，则商民便利，度支充裕，相辅而行，所关非细。但非预集三四百万金，未敢遽言兴办也。以上所筹理财办法，盖为时切要之图，而决无疑义者。至久远之计画，则尚不在此。夫吉省之土地非不饶也，山川之蕴蓄非不富也，惟其财多不见于地面，其利不能拘于目前。而欲辟利之大小，必先以资之多少定之，亦人所尽知者。苟今日各省能以其余利助吉，则异日必能以所得之利还助各省，初非黔、桂、新疆等省之长赖协济者可比也。且日俄近于各地调查，无不透澈，若再昧焉不察，外人势必出其资本、尽其手段，起而代谋，不但地利未能自保，而国计且将不堪。臣等职分所系，日夕忧危，诚不敢畏难自安者。谨就管见所及，不能不及时筹办，而又非吉省财力所能办筹者，约略陈之。吉省土产最利实业。曩著，但知自保，不求发达，以致利弃于地，外人因而生心于是。饬劝业道调查矿务、林业、试验农事蚕桑及造纸印刷各工厂，以为商民先导，约计岁须银二三百万两。吉省办垦多年，仍多荒地，伏莽难除，强邻窥伺，实边之策，允为要图。于是拟于东北各边，实行移民，招垦屯田诸要政，约计须筹银四五十万两。查珲春为吉省东边要塞，由图门江入海仅百余里，实东境天然之一商港，屡经确查，洵属利便，虽近海，江岸已归俄属，而援照公法，实可通过，早未计及，殊为失策。于是拟开通珲春海港，约计须银五六十万两。又吉省有松花、图门、黑龙三江，其经流皆在千里以外，支河歧流，分贯全省，水利之美无过于此，乃因向少舟楫，输运不通，民气闭塞，良足兴叹。前于松花江试行官输，商民便焉。于是拟统办三江航路，约预计银两四十万两。是四者，皆为生利之事业，苟有资本，富国裕民，悉具于此。他如森林、矿产，原为吉林最大之财源，尤须赖绝大之资本，非专恃官款所能济事。现正拟设法招股募债，以期逐渐兴办，故不与前四项并论焉。再者，吉省向少民官，治术疏阔，边荒土矿，难保治安，是不可不速筹设治。查奏定筹备宪政章程，举凡各级审判厅及全省蒙小学堂，城乡巡警，均限于宣统七年内一律成立，则司法、学务、警政是不可不速议扩充。又准陆军部奏定各省练军新制，吉省应于两年内自练陆军一镇，则军政是不可不速谋推广，统计须款应在数百万两以上。凡此虽同属分利之事业，而实为国计民生之要图，是皆整理财政者之必须筹预计者也。臣等硁硁之愚，既怵于中外之大势，抵制乏术，复迫于吉省之财力，筹措无方。明知帑藏奇绌，未敢呼吁司农视此大局攸关，又何敢因循坐误。合无仰恳天恩，垂念吉林关系綦重，财政异常困难，应如何统筹全局，综核财力，不仅以寻常省分视吉之处，饬部妥议复奏。如蒙逾格鸿慈，俯赐垂鉴，俾臣等得以秉承圣谟，次第设施，庶中外皆晓然于上意之所注，外强阻怯，群情奋兴，自是以期治理而巩边陲，吉林幸甚，国家幸甚等语。是月二十一日奉朱批该部慎议奏，钦此。旋准部议，略言，以吉省从前岁拨官兵俸饷银十余万两，嗣因税捐畅旺，经前任将军达桂奏请停拨，尚有捕盗队饷银四十万两，光绪三十三年十一月，该省因筹办边务，请拨银六十万两，经臣部奏明拨给一次。三十四年十二月，该省续请照拨，臣部即以库款支绌，无可指拨，奏令就地筹措在案。查原奏所列岁出各项：如巡警、理财、教授、司法、交涉、实业、军政、边务、旗务、蒙务、交通禁烟、筹办咨议自治等费，以及开办建筑活支用项，均未列细数，无凭确核。至留东陆军第一混成协原饷七十万两，既据原奏声明三省分筹，而又列入吉林一省支数之内，是所谓岁出不敷三百六十万两者，不过约举大数，并非实在豫算。至原奏称补救钱法一节，查各省官银钱号滥发纸票，经臣部前于妥议财政办法折内，业令各将省号限令六个月详细列表送部稽考，并声明官银号发出纸票，各疆臣既浚此利源，自当担此责任。吉林设立官帖局，历年发出缴回销毁各细数，及积存本数目未经报有部案；兹据奏称此项官帖已发至四千万串以上，为数太钜，自不能不亟图收拾，应即遵照臣部前奏清厘财政办法，一面将发行官备数目经理协理衔名报部稽考，一面即责成该省清查成本，追缴商欠，将此项官帖设法收回。其换用之银票、银圆票，尤当妥筹准备，勿得任意滥发，致滋流弊。吉省在东三省中，物力最为饶裕，若将各项新政择要兴办、徐图扩充，则就地设筹，未始无尺寸之效。等语。三月二十五日，奉旨依议。钦此。盖库款竭蹶，难于拨给也。是年度支司呈指拨支发各款清单内开：一、旗营官兵俸饷，并文报局抵款，大租、地丁、契税、杂税约五十五万两;一、公署军饷、巡警局、军械局、营务处、督办处抵款,京饷四十万两九厘,捐约五十万两,旗地大租五万五千两;一、常备军、陆军小学堂、督练处、陆军三镇张翼长各营抵款,酒税约三十五万两,烟税十万两;一、公署杂支抵款,木税约十万两;一、法政、实业、方言、巡警、四学堂抵款,烟税十五万两;一、交涉司、哈道、长道抵款,木植洋票费约二十万两;一、提法司、各级审判厅抵款,七厘捐十二万两;一、民政司抵款七匣捐五万两;一、提学司并各学堂抵款,三成归公七万两、各处生息一万两,四厘捐十二万两;一、劝业道、官轮、山蚕、蚕桑、矿政各局实习工厂、农事试验场抵款,木植票费五万两,烟税三万两,林业山分官轮水脚金税;一、咨议自治局抵款,营业税二万两,官钱局余利八万两;一、度支司抵款斗税盈余三万两;一、抚院及各司道养廉公费抵款,官运局余利二十万两;一、边务抵款,哈道关税十万两,山海税盈余十万两;一、旗务处抵款,大小租长余三万两;一、调查局抵款,参药税盈余一万两;一、官报局抵款,参部药税盈余五千两。以上总共抵款,实银三百四十三万两。一、禁烟经费由官膏局筹;一、设治经费约四十万两;一、特别用费约六十万两;一、委员出差川资约五万两;一、官医局经费约一万两;一、马路经费约十四万两;一、建筑经费约三十万两,以上六笔,约需实银一百五十万两,无款可抵。旋永衡官银钱号于上海、天津、营口、长春、哈尔滨、北京等处开设分号,以资汇兑。度支亦设有大清银行,又元年闰二月度支部奏派四品京堂熊公希龄为东三省清理财政官,以荆主政性成副之,后易以栾公守纲。吉省旋设清理财政局以便按期造送预算决算各表。二年四月十六日奉上谕,中国国币单位著即定名曰圆,暂就银为本位,以一元为主,币重库平七钱二分,另以五角、二角五分、一角、三种银币、及五分镍币,二分、一分、五厘、一厘、四种铜币为辅币、圆角分厘各以十进,永为定价,不得任意低昂。等因。钦此。按:吉林通省钱,以五十为百,铜元则以四十为百,伊通以西以十六文为百。又有羌贴、手票、老头票、屯帖、大小中外银元,价值之不同,银之平色亦各异。若国币通行以后,或可划一币制也。

　　　廉泉鹤俸数轻微,缺地相悬见瘠肥。
　　　大小官衙公费给,平均谷禄制遵依。

　　宣统二月二日,督抚会奏:为创办经征局,匀定府厅州县各缺公费,以清积弊而励廉隅一折。略言:伏读光绪三十四年五月上谕,有人奏请匀定州县公费,以期久任一折,所陈切中官场积弊,着各省督抚体察情形分别妥筹办理。等因,钦此。查吉省府厅州县进款,向以契税、牲畜税两项为大宗,从前征收漫无定章,每年额解无多,余皆入己,上下相蒙,久成习惯,以致财政紊乱,无从清理。臣到任深知其弊,饬司改订税章,并仿照湖北及各省章程,添办典当税契,令其尽征尽解,不准再有额解名目。核计全年收数较之旧时,额征已盈数倍。本可即此匀定各缺公费,但新政繁兴,一切用款较费于前,不能不从宽拨给,又恐边地民生瘠苦,未便遽增税则。设所收不敷所出,亏累堪虞,故未敢轻举妄动,暂准各属截留一半,以资补助。嗣于上年八月间,准度支部咨行酌加契税试办章程二十条,当即转饬遵办。维是地方官,任重事繁,税务纷纭，断难兼顾，既不能亲自稽征，势必委之书吏。若辈惟利是图，罔知顾忌，作威作福，予取予求，纵立有科条，而陋规名目繁多，层层蒙蔽，何可胜查，是非另行设局经征不可。且缺之肥瘠，必视税之衰旺以为衡。税旺，则取多用宏，尽归私囊。缺瘠，必多方罗掘，势必扰民。天下庸有知足不辱之官，断无毁家为国之吏，始而不肖者渔利以开其端，继而自好者亦随俗而免累。且新设各缺，非地旷人稀，即事艰路远，边荒要隘，筹备尤不容疏，既无利之可图，咸相戒而裹足，若不下情曲体，尚何吏治可言，是则又非匀定公费不可。但此项公费，为数甚巨，如果概由公家筹发，其何能给。惟有即将此项税款，拨为匀定公费之用，挹彼注兹，庶可相抵。因饬度支司先于省城设一经征总局，各府厅州县均设分局，将所有契税、牲畜税概归该局征收，定于宣统二年二月初一日一律开办，即责成各地方官稽查，使其互相监察，以杜流弊，而昭核实。惟吉省契载价值，多系钱数，向按三千三百文作价银一两，今银价昂贵，民力实有未逮。前经咨议局集议，呈请依照市价增加，经臣核准，按照定章酌加钱一千文以示体恤，绅民均无异议 所有税银，仍遵部章办理。至牲畜税陋规，业已革除。而局费票底钱文，向为收税人等办公之费，势难尽去，应参酌奉天现行章程，酌量减少，以恤民难，著为定章，俾资遵守，此创办经征局之大略情形也。至各属缺分繁简不同，若不预为筹算，恐将来苦乐不均，即于吏治有碍。经臣叠次督饬司道，悉心筹议，参以各属报销之数，酌中拟定各府每月酌给公费银一千两，繁缺另加津贴。各厅州县分最繁缺、繁缺、中缺三等。最繁缺每月酌给公费银八百两，繁缺七百两，中缺六百两，佐二各缺亦一律普定公费，以免枵腹从公。遇闰按月照加，即由就近经征局按季拨给，以省领解之烦。自经此次规定之后，所有一切陋规概行革除。如再有私取民间分文者即以赃私论。其向来各项摊款自应由司另行筹拨，概免流摊。此匀定公费之大略情形也。按：督抚司道公费已于光绪三十三年及宣统二年两次奏定，计总督六万两，巡抚三万六千两，民政司一万四千四百两，交涉、提法、提学三司各一万二千两，度支司二万四千两，劝业道九千六百两，西南道一万二千两。


奉行新政首留都，岁入虽增出不敷。
整顿税厘增卅倍，剔除中饱济边储。

吉省烟酒两税，从前每年仅额征银五万四千二百余两。前署将军达桂，奏请援照直隶章程改章加征，除额征照旧抵拨俸饷外，余皆尽征尽解，以充常备军正饷及办理一切新政之需。计自光绪三十二年四月起至三十四年三月底止，计两年。每年实溢征银六十余万两。至木税一项，向亦军署直接征收税项之一，每年仅额征银三千七百两。改设行省以来，各项税务均已分别改征，惟此尚沿旧制。今中丞陈公到任后亦化私为公，饬经征各员认真整顿，尽征尽解，计自光绪三十四年正月起至年底止，共征吉钱四十四万七千余串，奏明作为咨议局筹办处之款。其烟、酒两税切实整顿，亦更逐岁多收。综烟、酒、木三税，自改章后，合计每年竟溢征银一百四十余万两之多，视旧额顿加三十倍，已将在事人员择尤保奖矣。

宪政年新用款加，田多隐赋议清查。

区分等则齐弓尺，不使民间赋率差。

吉省田之大小，赋之有无多寡，极不平均，议从清查入手，以归一律，而公家亦不无小补。

九年立宪款分筹，条列清单擘画周。

国会速开期更促，预从财政问源流。

九年立宪，筹款已觉为难，现改为五年，度支更为不易，已条列清单，详情入奏矣。

宪政编查统计先，东陲财用表分填。

职司出入周官法，决算严明豫算全。

光绪三十三年，宪政编查馆奏：统计一项，在各省者，现由臣馆于请设各省调查局章程内声明，由督抚饬令司道及府厅州县各衙门添设统计处，就该管事项按颁定表式分别填送，汇呈考核。等因。吉省于宣统元年一律遵设，度支司为全省财政总汇之区，尤关紧要，业经由司委陆军部主事江右王盛春为主任员，督佐任各员经理其事。按泰西豫算。即周官职内所掌赋入之事，决算即周官职岁所掌赋出之事。而大宰大府九式之法，司会司书会计之方，具于是焉。其表式亦即龙门世表、年表、月表之遗，我国以之理财，维新尤复古也。

界分水陆缉私严，官运商销课骤添。

意在便民章更改，赡军富国比南盐。

宣统元年三月，督抚会奏，略云：东三省盐务向系就滩征课。吉黑两省食盐，皆由奉滩运往，一税之后任其所之，自甲午以后，俄国东清铁道接轨吉省，于是俄属盐斤，由海参崴运入五站行销。吉省东北珲春、延吉、宁古塔、阿什河、哈尔滨各属每年自五六千石渐至三四万石。及日俄战后，旅顺、金州各盐滩皆为日占，日人广辟盐滩，所出盐斤由南满铁道运入吉省，倒灌长春、伊通、磐石、双城、五常各属，为数尤巨。自是吉林全省居民，大半购食洋盐。奉省盐课，日形减色。前奉天将军赵尔巽奏请设立东三省盐务总局，并议兴办官运以为抵制外盐，恢复课额之策，以造端阔大，未及举行。臣世昌到任以后，以盐政为饷源所在，奏派四品京堂陆宗舆为三省盐务督办，设立局所整剔盐滩积弊，一面筹划官运，挽回利权。先从吉、江两省试办，以立基础，而觇成效。吉林一省官运，委吉林度支使陈玉麟督办，设提调一员襄赞局务。计自光绪三十四年三月间拟定章程，七月即行开运。划分吉林府及长、农、伊、磐、濛、桦、五常、敦化、双城、新榆、宾长、滨江、宁古塔、珲、延各岸，将运到官盐，招商认岸，先后开秤试销。并设立吉林官运总局长春总仓，吉林省仓暨各岸分局缉私局为运销机关，于营口设立采运局为采运滩盐枢纽，此吉省官运开创之情形也，查未办官运以前，日、俄两国私盐运屯铁道附属地界，盐课、盐捐皆不缴纳，吉省奸商知有铁道界限，华官交涉为私，难运华盐、亦争趋铁道希图影射。民车冬令运粮，赴营口新民屯一带售卖者，以盐运之利尽归铁道，强半空载而返。影响所及，国课民生，两受其病。自官运定议后，经臣等札饬绥芬税关。先行禁止崴盐，非有三省督抚及官运局专照，不得运入吉界。而俄属来盐，自此绝迹。至南满洲铁道私盐，亦经官运局派员随同东三省盐务总局与南满铁道公司订立专运合同，每年该盐以一半归该铁道装载，除官盐外，日盐及华商私盐，均不得再入吉界，运金减去十分之一。铁道界内，奉、吉两省缉私人员，得执行其职务。于是吉省盐岸，始完全而无缺。此吉林盐运交涉之情形也。当私盐冲灌之时，吉民所食，半系无课私盐。其各村屯购存未食者不下数十万石。官运开瓣之始，旧存私盐，若一律禁止售食，恐乡愚无知，转多觖望。因遴选妥员，分道稽查。除居民屯积自食者，从宽免究外，凡商铺存积待价未售者酌量补征盐课，为开办官运之资本。并与东三省盐务总局会订章程，每年由吉省认销官盐二十万石。应缴盐课，由吉省分季解缴东三省总局核收。其余所得公利等项，留为吉省办理新政之需。而奉省原派驻吉之补征缉私等局，改归吉省管辖。除官运盐斤外，奉省民盐不得再冲入吉界。此奉、吉两省分划界岸办理之情形也。奉省沿海各滩售盐，向以正盐六百斤例耗四十斤为一石。吉省官运盐斤，长途盘运，仓廒储积，均有消耗，每石除例耗外，另给加耗八十斤。经臣世昌于两次覆陈东省盐务情形折内，奏明在案。吉省官运定章如有卤耗不及八十斤，所余之盐一并归公。收发盐斤，悉用东三省盐务总局所颁官秤，公平交易，核定盐价，系科合课厘运本滩价及办公缉私等费，分次分岸办理。比照旧盐价值较廉，民间争相购食。此官出入本利会计之情形也。吉省运盐故道，向以边车河船为最多，自汽车通行后，水道淤塞，食盐自辽河运道江口，登岸入吉。夏秋雨水稍涸，运船阻滞，经月不达，已久视为迂途。边车冬令由吉运粮赴营口新民屯售卖者，回车向载食盐。近岁车额自五千辆减至二千余辆，亦为汽车攫夺所致。官运开办后，冬令由营口采运局招雇民车，发给脚价，饬运官盐，俾不致空载而返，边车生计藉以不绝。至盐斤运至长春，一律收入总仓转运，各岸或雇民车，或附汽车，每届月终，各岸收发盐斤及收支款目，一律呈报总局。每季由总局结算一次，以验盈亏。各岸盐斤，招商承销，先饬酌缴押岸银两。遇有勒价病民之事，即以岸银充公示罚。岸商领盐以后，分招子店，照局定商销章程出售。愿赚与否、听民自便、毫无派销勒售等弊。近以官价不昂，故民间虽有存盐，而销路仍形踊跃。此又官运商销之情形也。第盐归官运，为吉省商民素未经见之事，是以开办之始，招商则观望不前，设局则乡愚疑惧。及办理数月，盐价公平，外私绝迹，而各属奸贩向以转运洋盐起家者，一旦歇业，不得不以全力相抵拒，本地劣绅见承充岸商有利无害，又复群起攘夺，百计阻挠，甚至勾引外人出头干预，串通商会，藉口要求，唆惑匪徒。聚众抢掠。狡黠之情，瞬息万变。加以愚民未谙盐法，载运私盐视为习惯。创始之际，既未便按例严惩，又不能听其自便，劝导应付几穷于术。臣昭常到任后，深知吉省官运实为内裕国课、外保利权之要素。内地如四川、福建，官运既行之数十年，裨益课税，商民相安，成效最著。因督饬该督办提调等任怨任劳，始终坚持，经营不懈。综计吉省官运自光绪三十四年七月开运，九月开秤起，截至宣统元年闰二月底止，共计运销课盐六千八百余万斤。除解缴奉省盐课十三万五千两，开除吉省原有盐捐暨成本运费局用外，净得各项赢余，按照吉省官价银核算，约共五十余万两，留为吉省新设司道各官养廉公费，及预筹添练陆军一镇之用。现在各岸销场次第成立外，私运入铁道界内者，亦叠次照约缉获充公。交涉尚称妥协。局用运费，一切力求搏节，成本均归核实，官运商销，各项章程，经数次更订增加，诸臻完密，官盐价廉色净，居民争相购食，并无阻碍。成效已著，自应将一切办理章程具奏，吁恳天恩，准予饬部立案，以期久远。等因。并附片请将办理官运提调前福建候补知府张弧开复原官，并免缴捐复银两，仍留东三省差遣委用。均奉旨照准。是年底，除开销一切并解司道各官养廉外，实长余吉钱三百万吊有奇。二年度支部泽公为督办盐政大臣，而各省督抚俱为会办，吉省官运局由督宪委前山西藩司浙中吴方伯匡为总办，直隶候补道江右张观察祖笏为会办，夏季禀呈官运民销，并续拟规则文奉督抚宪批：开禀暨规则均悉。查吉省盐务前定官运商销办法，原为便民裕课起见，若划分岸界垄断居奇、甚至抬价短秤，掺和沙土，是以便民之心转为虐民之政，即此数端已足见商销一层，本非经久之道。兹拟撤退总商，发还押岸银两，改为官运民销，意在化除岸界，藉利销行。物穷则变，此其时矣。所拟规则各条，亦均妥协，应准照办。惟民贩虽与商销有间，然私利所丛，即难保无舞弊情事。原章仅于第一章第九条略示查罚办法，未足以杜奸狡。应将民贩价秤两项，暨他项情弊各节，另订民贩通守专章，并撰行白话告示，遍贴城乡，俾众咸晓。官运为营业性质，食盐为民用所需，非处处从便民二字着想，利之所在，害即随之，该局当能深喻此意也。附录规则于后。计开变通办法，第一条，此次重订章程，以便民畅销，剔弊裕课为宗旨；第二条，裁撤各属分销局，屏除官派，完全营业性质；第三条，撤退总商发还押岸银两，以销垄断居奇之弊；第四条，改为民销，合全省繁庶地方及道路辽远山林荒僻之区，参酌支配增设，分仓储盐，俾便就近购领；第五条，城乡集镇大小铺户，以及乡僻小民，皆准按照官仓定价、备价、领销，不收押岸银两，但售整袋，不卖零斤，并发给分销执照，以备稽查，而杜影射；第六条，化除本省郡邑岸私旧禁，凡属吉境人民，有就近在邻仓购盐食用者，发给执照，听其所之，不以越界误买及贩私论；第七条，开放旧禁，系专为便民自食，以免远道跋涉奔驰起见，凡赴邻仓购盐，只准一石为度，倘有奸商图利，诡托姓名，多方购运，囤积发卖，一经落地，被仓员及缉私卡调核执照并验麻袋上四面印子、查非由应领之仓所购者，即行将盐全数充公外，仍加倍罚惩；第八条，现在撤总商，弛禁令，分仓储盐，官运民销，原为便民起见，各地方官暨各本地商会，均有辅助疏销之责，帮同调查招徕，毋得推诿，各委员亦宜遇事咨询，不得挟持私见；第九条，分销铺户如有抬价短秤，搀和沙土情事，查出即将该店封闭，并送交地方官罚办。官本民利，第一条，吉省现办官运，每石重六百斤，又加正耗八十斤，公余二十斤，卤耗二十斤，共七百二十斤，除各项耗盐不加盐课外，每石应收奉省盐课洋四元六角，吉省盐厘洋一元二角，公费洋一元。又每石摊收缉私费六角八分。凡此皆额定成本。此外滩价运费绳袋斗用搬力，仍临时核并，以定转发民销之盐价。第二条，发商旧章每百斤准加收洋三角，名曰商利，此次改归民销，亦准民贩每百斤加收食户二角，减收一角，改名民利，以示区别。员司巡役不得藉端向民贩需索规费干究，第三条，发盐销售，脚力归民贩自备，但须仍照发商旧章，每百斤、每百里，加收食户洋二角五分计算，此外不准多加。按是年冬月，吴总办出缺，督抚会札，以张观察升总办，而以曹观察廷杰为会办。

# 卷三

豫章沈兆禔均平氏著并注
男世廉世康校勘

## 职　官

劝业道　按：光绪三十三年，奏设吉林省劝业道，请以直隶补用道徐观察鼎康试署。十二月初六日，钦奉朱批：着照所请，该部知道。钦此。是月二十四日到任，专管全省农工商业及各项交通事务。以旧有之农工商局、荒务局、林业局先后归并。此劝业道成立之大概情形也。先设首科佥事一员后裁改总科长，余暂缓设，而以委员分任其事。首科佥事承劝业道总领各项实业事宜，并领各科。科分为五：曰总汇科，掌拟订各项章程，掌管文件及办理会计、庶务各事宜；曰农科，掌农田、水利，蚕桑、水产、森林、畜牧、狩猎各事宜；曰工科，掌工艺、机械、制造、检定、度量、权衡及矿务事宜；曰商科，掌商会、商标、保险及公司注册各事宜；曰邮传科，掌航路、邮电各事宜。凡道署所属各局及地方府厅州县文件，均以类附属各科。至所属各局所，除帮办由督抚札饬外，所有监督局长由道详请札委。道署佥事，由督抚奏咨委任。各科科员，由道呈明派充。所属各分局，由总局以达于道署。此由道署成立以来，组织及织掌之大概情形也。其织掌有与民政、交涉、提学、度支四司互见者，参稽自得。宣统元年五月，徐公升署交涉司，以借补吉林府滇南张观察瀛试署。二年二月实缺粤东黄观察悠愈到任。参考公署政书及官册。

报告书徵第一篇，裕民富国策筹边。
大东宪政年年备，实业终须逐项填。

宣统元年，徐道宪出有报告书，劝商民筹办屯垦、畜牧、蚕桑、森林、矿冶、织染、酿造、印刷等事，欲以吉省天然物产加以资本人工，上以富国，下以裕民，意甚善也。今宪政之九年，筹备者又缩短三年，一切实业必须逐项分填，以观成绩。现奉天熊品三都转拟就筹办东三省实业章程，通州张季直殿撰亦有在东三省大兴实业之议，皆救时之良策也。

远近移民计实边，开荒招垦贵屯田。

城乡果少崔苻警，鸡犬桑麻万井连。

光绪二十八年，将军长顺奏吉林帑项奇绌，拟清查田赋，勘放零荒，并将昔年所占旗地一律查丈升科，以裕饷源一折，奉朱批，着即妥议勘办，以重国课而裕饷源。钦此。遵设清赋放荒总局于省城，派前翰林院编修贵铎总理清赋放荒事宜。二十九年秋，添派总管姚福兴、侯补道松毓为总理。松观察旋即辞差。三十年春，添派协领英贤为总理。是年四月，将军富顺奏请将旗民田亩清丈升科暂行停办一折，奉朱批：户部议奏。钦此。旋经户部议复，除地当战冲暂缓升科外，仍令遣员分投查勘。复经将军富顺奏陈清丈为难情形，不得不宽求岁月。三十一年正月，奉朱批：户部知道，钦此。此该局创办之情形也。除总局外，若宾州、伊通州、五常、双城、伯都讷、延吉等州厅，若拉林，若敦化县，若退抟、拉法皆设分局。其宾州、五常、双城、退抟四分局业经完竣裁撤。现分局共存伊通、伯都讷、延吉、拉林、敦化五处。以上总分各局自开办以来，截至三十四年正月二十日止，统计已经办完各项地二百三十五万零五百九十一垧七亩六分一厘，共银米兼征原额地十四万二千九百二十一垧四亩八分五厘，尚未办完各项大租地十二万七千八百零二垧三亩四分五厘。三十四年正月初十日，饬札归劝业道管理，所收荒价仍解交度支司，以符奏案。此公署成立以前，荒务局办理之大概情形也。所辖有蜂蜜山招垦局、濛江垦务局，嗣后新设之各府厅州县并设治各处，亦各就地方情形放荒招垦焉。宣统元年二月，督抚会奏垦荒设治需款不敷请援案，动用荒价作正开销一折，奉朱批：该部知道。钦此。九月抚宪因奉上谕：饬令会商妥议。法部尚书戴鸿慈奏兴利实边以国富强而资保卫一折，咨度支等部。文内开：度支司案呈，从前吉省放荒，大都以多收荒价为宗旨，是故承办者以能多放为得计，报领者借多揽大段以居奇。辖轕既多，遂滋流弊，丈放虽众，垦辟无多。盖吉省办理荒务与招垦情形实有不同。溯自光绪二十八年，奏设荒务总分各局，原系清查田赋，带放各属畸零夹荒，按亩收价，依限升科，非若大段闲荒另行招民开垦者可比。现计各分局皆已裁撤，剩有总局办理核销事件，不日即可报竣，似属无庸更议。惟东边蜂蜜山一带，尚有大段闲荒，亟宜设法招徕，以实边圉。今年五月间，密陈筹办蜜山垦务折内，声明移民实边办法，先派专员分至内地，广招农民东来，每一班满百人为及额。应招者以有身家最为合格，来时助以路费，并与邮传部咨商，请免轮船铁路半价，以纾民力。至则每名给地四垧或五垧，并酌助庐舍籽种牛马之费。妻女半之。子年满十五者，分地如成人等语。此即隐符原奏变通小农地之说。比年以来，叠招南洋侨商，内地绅富，广集钜资本来吉领垦，如珲春务本公司及吉林银行兼办实业公司，亦以移民招垦为宗旨，前经派员会同前往三姓、依兰等处周历勘验，并议有办事规则，咨部立案，拟俟筹定资本，办有成效，再为奏请从优奖励。此即隐符原筹变通大农地之说。其余沿边垦务，如长岭县为鄂尔罗斯前旗蒙荒，已定有分年随收价银章程，体恤垦民无所不至。他如临江、大通、濛江、桦甸、各州县开放之荒、设治设局，既非同时办理，断难一律，所定章程或仿昔年成案，或系因地制宜，综计数年以来，各州县所办荒务虽未报竣，要皆放有成数，此后惟当责令实行招垦，似未便中道改程，转滋滞碍。此则吉林筹议垦殖之办法也。按，移民实边，汉明已屡行之，而按诸今日情势，其亟宜仿办者，莫如屯田。屯田之法，古亦不一。吉省似以退伍兵及旗兵为宜。据巡警一览表，列延吉地方面积三十五万三千六百方里，沿边多与韩交界，韩侨已达十八万余人，而华民反少，且日人于朝鲜茂山等府驻有重兵，我国宜于延境先屯二千户。绥芬府面积二十七万八千方里，依兰府面积十七万七千五百方里，临江府面积十三万四千零五十方里，蜜山府面积十八万七千五百方里，处处皆与俄邻，俄人于东清铁道一带屯有重兵，我国宜于该四府境内各先屯兵一二千户，嗣后再推之于珲春、濛江、敦化、东宁、富锦、饶河、穆稜、额穆、绥远、汪清、滨江、阿城暨吉长各地。退伍兵不足，则益以食钱粮之驻防旗兵。以一夫一妇为一户，授田十五垧。或父子兄弟，或亲戚朋友，均以二人为一户，授田如其数。听其雇工帮种，但不得转售。以平方二百四十号为一亩。或照吉省习惯酌中以三百六十号为一亩，十亩为一垧，五垧为一区，九区为一里，略仿井田之式。每区开一小沟，每里开一大沟，以凭潴水泄水。每里四面间一丈。植蒿柳一株为界，其柳即可饲蚕。每十方里除授田外，于其中另留一方里为屯基，凿井一口。计十里三十户，每户给屋三间，酌留前后空地，俾其日后蕃衍，自行添筑。以三十间为一院，屯基四面亦以柳为界。每户给马一匹或牛一头、田器两具、籽种银十两，仍食退伍兵或旗兵之钱粮。三年其田不收荒价，以示优待军人之意。至所给之房屋、牛马、田具、籽种、每户约银若干，由经理人报明，俟上宪核定，授田时注入小照内。从第四年起，分作十年带还。第六年升科，换给大照，田房一切，永为己业。每一屯基设屯长一人，以资管束教练，屯长所授田屋等项，倍屯丁之数。每五日，三户中轮一人应操三小时。农闲时，每五日每户轮一人应操三小时，分两班轮。余暇并可从事于渔猎、森林、工商各层业。每十屯为一堡，于其中另辟一五里大之堡基，凿井两口，设堡长一人，以辖十屯长。所授田屋等项，视屯长又倍之。屯长之田，于该屯内取给，堡长之田，于近屯内拨给，所给各费亦从第四年起，均分作十年带还。堡内辟作市场民厘，留地基三千方为公用，俟地方繁富，相时设立工厂、学堂等类。其余听兵民人等领地，自行建筑。堡基四面，亦植柳为界。每年农闲时，每堡合操两次，各堡会操一次，自堡长以下，皆归地方官节制。有事时，令各守各屯堡，寓兵于农，以兵法布勒之，似可补兵力之不足。每届退伍，酌量推广，亦实边之一道也。此就大段闲荒之未放者而言，如已开放则择零夹荒与领去久未开垦逾升科之限，在十年外者，变通办理。盖开垦之阻力，大约不外胡匪之肆扰，穷民之游荡，或农闲而嗜赌。或获毕而还乡，故放荒虽多，实垦无几，户口亦不克增加。今以退伍兵或旗兵屯田，则技艺娴熟，且聚族而居，联合各屯堡，即成大队，匪不敢来，既有室家之恋，田垦熟后。又可作为子孙之业，则各种阻力自除。其筹垫各费，仍可分年缴还。期满升科，税租日裕，而固圉销萌，隐为国家无穷之利，若数处屯田，力难并举，似可择一两处先试之。若数千户屯田，力难并举，似可择数百户，或数十户先试之。倘有能耐劳苦及娴工作之兵，则伐木筑墙以造屋，放牛驱马以开田，所费更省。除兵屯外，或设公司，大兴屯垦，或官商佣人、分别屯垦、或客民住户，零星屯垦，均可。似以开路为先，能造铁轨之干路、枝路极善，否则，平治道路，建设桥梁，分设航渡，皆便民之政。而护垦亦关紧要，兵屯若办理得法，则兼可护垦。而通商惠工，敬教劝学，相因而及，则在大吏主持于上，良有司奉行于下耳。能合力通筹最好，如一时力有未能，似可择数处实行。大用之则大效，小用之则小效。篇内所列诸奏咨，固经猷卓著，立可见诸措施者也。吉省田以一人一日之力所能耕谓之垧，每垧约合南方十亩，然亦大小不等：有三亩半至五亩为一垧者，有二十亩三十亩为一垧者，半由弓尺之参差，半由地方之习惯。今以户部尺。每弓五尺。每亩平方二百四十弓计算，据光绪三十三年调查表，已垦田亩共计四千八百零五万九千六百一十九亩二分四厘。近年续垦当又不少，未垦地共计一千九百四千九万四千零三亩七分。然续查以及未经开荒者，当不只十倍。宣统元年三月，督抚会奏：于省城江南设立农事试验场，有园艺、树艺、畜牧等科，附以编辑、调查、庶务各课。奉朱批：该部知道。钦此。现省城有农学总会，各属有分会。上宪又撰催垦文告并申明逾升科之限，不垦者须照章撤地另招。农业日形发达，每垧收大租吉钱六百文，小租六十文。有带征学堂警察自治等费者，多寡有无，亦未一律。

通惠工商首务农，远民向化自喁喁。
天时地利加人力，东陌西阡尽素封。

宣统三年五月赵督宪莅任，以振兴实业为己任，又以屯垦为先务之急，设立屯垦总局于省城，照会叶京堂、熊都转为该局正副局长，其文曰：照得东三省，地舆辽廓，土脉膏腴，只以地广人稀，出产未能发达，弃货于地，良可惜也。本大臣此次在京与阁部诸大臣筹商，以整顿东省之策，必用振兴实业为先。已议定于四国借款之内，划出巨款，专供东省振兴实业之用。此诚三省人民之福也。本大臣接见京外名流、东省耆旧，周咨博访，佥以实业之本，莫先于开垦；开垦之要，莫亟于移民。是则屯垦局之设，万不可不亟亟矣。顾屯垦之策，东省唱导有年，往往劳费无功，半途辄止，固由于经费之不能充裕，亦办理之未能得宜。顷者，朝廷不惜以息借巨款，加惠我东三省人民。本大臣肩斯重任，深念此举为三省人民命脉之所关。并此项巨款之所从来，既当输息于先，复需还本于后。稍有糜滥，心何以安，设竟无成，患将胡底。中外之指视，咸集于此，将来之祸福，亦基于此。此则筹办之初，所为审顾迟回，不胜兢兢恐惧者也。现拟于省城设立屯垦总局，先遴委局长、副局长者各一员，责成按照札中所指事理统筹全局，原始要终，妥拟简详各章，筹画一切办法，务使一人必得一人之力，不可以冗滥厕其间；用一钱必获一钱之益，勿以锱铢为不足惜。实心实政，成效必有可观。兹查有贵京堂叶京堂景葵堪任该局正局长，奉天盐运使熊司使希龄堪以派充为副局长，相应照会，合就札委，照到札到，该员即便遵照，先将办法章程，妥速拟定，呈请办理，毋负委任。等因。又饬东三省各地方官详细调查各地方情形，拟实力整顿屯垦事业，先由辽源至洮南，由长春至新城，为试验移民开垦之地。又于屯垦总局外，别设东三省移民公司，与顺、直、齐、晋、豫、浙、赣、苏、皖、湘、鄂、粤、桂各督抚，联络一气，俾通盘筹画，宏此远猷。

柞林橡树养山蚕，不独柔桑食叶堪。

塞外发明蒿柳用，同功作茧起眠三。

光绪三十三年十月，总督徐、巡抚朱，以吉林颇产野桑，而民间于饲蚕新法漫不讲求，拟为民间兴未有之利，于是议设蚕桑局，札委前安徽南陵县知县傅毓湘试办。当饬购备试验地，并饬吉林府晓谕农民，应时前往该局领取桑秧，如法试种，以开风气而辟利源。旋采得松花江南岸巴尔虎屯民地三十四垧，于十二月禀准购买作为蚕桑试验场之用。乃檄赴浙江采办湖桑，三十四年二月运至吉林江南试种，并设局焉。近又于乌拉街以东距城百里外搜采大小野生桑树共二千四百株，移植局园，照湖桑办法改良修剪。此公署成立以前，创办桑蚕局之大概情形也。又同时以奉省海、盖、金、复等州县茧绸之利，岁数百万，吉林橡树甚夥，居民斩伐仅供炊爨，天然之利，坐弃可惜。檄委候选教谕许鹏翙，增生王翼之试办山蚕事宜，设总局于吉垣巴尔虎门外之碧云宫，并拟设分局于磐石县，兼辖伊通州蚕场，择附近官山橡树佳美之处，如法试养，当奉批两局共用蚕长蚕工四十八名。三十四年正月，派员赴各处履勘蚕场，于吉城南七十里大咳狼之南北山，共设场八，迳隶总局，于伊通、磐石两属，各设蚕场四，皆隶分局。二月，派员赴奉省购买蚕种，并觅蚕长十六名来吉教导。此公署成立以前建设山蚕局之大概情形也。宣统元年十一月，总督锡，巡抚陈会咨农工商部文。略言：案，据署吉林劝业道张瀛禀称，吉省自设局创办桑蚕以来，风气大开，已著成效，所尤异者，该员司等于研究柞蚕之中，又发明蒿柳饲蚕之法，即以橡蚕之种，移于蒿柳之上，柳叶既较橡叶为肥，柳茧亦较橡茧为大，且可夏秋两季饲放，较之橡蚕，工省利倍。并将发明柳茧如何饲养，及一切栽种各法，编成报告书，暨柳茧一匣，咨送前来。查山蚕为吉省天然之利，亟宜推广振兴，惟橡槲各树，产自群山，凡居在平原者，尚无饲蚕之利。蒿柳生于沿江一带下湿之地，且便移栽。居民向作爨材，不知顾惜，经此次发明，于橡蚕之外，更可添饲柳蚕。从此逐渐推广，于民生衣被之源，良有裨益。若于内地西北各省，依照饲种，利益尤为普便。等因。按橡皮为欧美最要之品，多有设立公司，若能仿行，其利尤厚。至家蚕之种可放之橡槲柞柳等树，饲养野蚕之种，亦可放之桑树上，均能作茧，吉省已有行之者。此间已奉部颁到浙省。所著柞蚕集，徐教习冀扬有日本柞蚕论译本，许广文鹏翙又著有橡蚕书。绥芬厅附生李锺华，由省领桑秧七千株，蚕子三千粒，回厅栽种饲养，已作茧缫丝。宣统元年秋间，该厅李司马达春，业已呈送公署查验。二月，宾州厅李司马愲恩，禀请设立蚕桑公司。此外舒兰、农安、长春、榆树、依兰均已养蚕，皆吉省宜蚕之证。


松杉皆中栋梁材，采干搜岩斧以摧。

莫概森林薪樵视，多应砍伐少应栽。

宣统元年九月，抚宪咨度支等部文略言：森林之利，东西各国极力讲求，罔不分立专官，勒诸法律。吉省森林之富甲于全国。东南则濛江、桦甸、延吉、珲春等处，东北则附近东清铁路地方以及吉林府属之土山，五常厅属之四合川类，皆干霄蔽日，翁郁轮菌，弥望皆是。惟林木丛盛之区，每在高山深谷，转运维艰。且民间只知采伐运售，而不知经营培养，童山弃壤，遗利尚多。前准部咨，钦奉谕旨，筹办境内森林，曾经通饬各属调查筹办，拟今划出森林区域，采择护养，以作十年之计。并查明何处水陆通行，何处市场畅销，以为日后运销之预备。一俟调查明晰，再行绘图贴说，明定章程，报部存查。并一面咨行各直省督抚，劝谕绅商来吉兴办林业，以拓利源。此则吉林筹议森林之办法也。等因。先是光绪三十三年，省城设有林业总局于西关八旗水师营旧址，以吉长铁路之火锯公司改作。设分局二：一在吉林府属之土山；一在五常厅属之四合川。并将公司原存之火锯锅炉运往蛟河设厂，归土山分局经管，由宋道春鳌总理其事。每分局设正副委员各一，正委驻山，副委驻水口。木商入山砍木，木税于省交纳，其照费路费由分局查点给票。自设劝业道改总理为帮办，遂隶属焉。委知府张太守鹏为局长，宋道旋辞差事，归局长主持。宣统元年，农工商部奏振兴林业一折，略言：林业之利为实业之一大端，东西各国皆极力经营，名目甚繁。而究其为用，则不过供用林、保安林二者而已。不禁采伐者谓之供用，所以供国家与人民之用，而为森林直接之利益也。禁采伐者谓之保安，大概于可防风灾飞沙之处则禁之，可防湍流潮水之处则禁之，可防砂土崩坏雪石颓坠之处则禁之，可养水源之处则禁之，可为航路目标之处则禁之，可供公共卫生之处则禁之，可为名区风景之处则禁之：皆所以保国家与人民之安，而为森林间接之利益也。就臣部最近之调查而论，以言夫供用，则东三省多松桦榆柞，以言夫保安，则全国之中森林较盛者惟东三省。而历来未有水旱疫疠之奇灾，雨水常匀，年岁常熟者，亦惟东三省。自近来中日木植公司之约成，已有旦旦而伐之势矣。臣部于光绪三十三年，曾通咨各省一律讲求种植，并派员前往长白山一带调查森林，复于会同邮传部遵议铁路条陈折内，奏明通行各省饬属课种有案。请旨饬下各省将军督抚将所辖境内适于造林之区域与固有天产之森林限期详细查明，备具图说，咨报。等因。按，吉林大窝集四十有八，皆在绥芬、依兰、延吉、蜜山、濛江、临江、敦化、桦甸一带，宜砍伐以通道路。宣统元年秋间，濛江沈刺史荣馥禀称，略云：州属森林丛密，道路不通，拟将沿途树木砍伐宽敞，使透风日等语。至吉林、长春、伊通、五常、宾州、农安、榆树一带，则宜随时择要种植。是年春间，宾州李司马树恩禀送劝导种树章程内称：州境向富森林，自东清铁路开通后，需用材木日多，乡民逐渐砍伐，所有森林十去其六七，若不急于栽植，数年之后不但建筑有乏材之叹，恐采薪有告匮之虞。因在城内植柳二千七百余株，全境不论何种树木，令种至二十万株以上。八月农安县寿大令鹏飞禀劝谕民间广种树木。十二月公署批：五常厅苏刺史鼎铭请奖劝种森林禀，该厅劝种森林，曾不数月，遍插杨柳，已达一万四千五百余株。吉长报载：西南道路颜观察，由道署至车站马路两旁遍植杨柳，将来推广于吉长铁路两旁，自必一望青葱云云。省垣左近，似应一律栽种。

佳气葱茏宝藏兴，五金煤矿结层层。
开山凿井多通道，会见陪都出产增。

光绪三十三年三月，准农工商部咨：据候选同知吴毓辰禀称，吉林东边各户按土法办矿二三十家，每家约招工百人，自备器械糗粮，愿按月纳税，请部颁执照。咨行到吉，十月，委张倅祖策为东路矿务调查员，赴穆稜河设局。三十四年正月，改委候补同知魁福接办。二月，遵部章创设吉林矿政调查总局于省城，归劝业道管理，以候补道曹观察廷杰为帮办，而以东矿务调查局隶焉。吉省矿产遍地皆是，而尤以东南一带为最胜。其矿质五金与煤俱备，所已开者如三姓之金矿，年来渐有起色。绥芬厅境之五虎林等金矿，先为俄人私采，自争回之后，开采亦不见旺。延吉厅之线金沙金出产十余处，而尤以浑春河流域为吉省南部之金场。如东沟、塔子、沙金沟、土门子、柳树河子、厢房子、狐狸别、瓦岗塞八处，自同治年间开采，现时矿工约有二千余人宁古塔、蜂蜜山等处之金矿，则时开时禁。延吉天宝山之银铜矿，光绪年间开采现已封禁。磐石县之铜矿，先系商办，不甚得法。嗣改归官办，所得之铜，足供吉省之用。全省到处铁苗甚富，惟磐石县之安东子河，每年产额三十八万余斤。石炭到处产之，内宁古塔之滴道小煤矿为全省之冠，然非设轻便铁道接达俄轨，未易通行。其余蚱子窝、营盘沟等二十余处，商民均已开采，但俱系用土法，未购机器开井，又无铁路运送，故未十分发达。然大利所在，将来总须大开。然其中亦有关交涉者，如松杉官街、头道江各烧丹、夹皮沟、宁古塔、浑春各金丹，以及临江州依勒嘎之石山等处皆与俄交涉。如石牌岭烧窑夹皮沟金丹，以及天宝山、白龙驹等处，又与日交涉。有与我定约开采者，亦有招工径行开采者，前车之鉴不可不慎。与后物产门参看。

百工省视入精微，今昔当知是与非。
规矩方员明巧擅，振兴旧业发新机。

吉省出产颇饶，而工作向不讲求。现设各工厂与各学堂以互相研究，故工艺日有进步。将来若购各种火力、人力机器以教导之，自必更精。吴观察式钊建议，谓宜于大农地旁建各种工艺厂，俾农闲时有所执业，免得聚赌为非，亦富民之一法也。

缔成商会辟商场，多设公司局势张。
海外华侨心祖国，投资招股遍南洋。

吉省于光绪三十三年设立商务总会，宣统建元以来，各属亦多设分会，并自开各商埠。其公司如珲春之务本公司、以招垦呢吗之酿酒公司、吉林之玻璃公司、西南路道颜观察禀准官设之农产公司，皆见诸公牍，但少巨商无当企业。新会中丞派员赴香港澳门等处招徕外商。元年春，各大资本家公举代表来吉，筹度一切，即分往新旧金山暨南洋各岛招股。是年四月，职商余国霭等呈为集资拟设吉林银行，兼办实业有限公司，拟具章程，恳请咨部立案。奉批：呈及拟章均悉，查吉林企业丰饶，百产具备，惜从前未遑措意，以致菁华久郁，闷而勿宣。近年来本地绅商力求进化，关心实业，未尝不从事经营，无如元气未苏，投资有限，积铢累寸，成效非旦夕可期。本大臣本署院提倡心殷，恝然不能自已，兹该职商等不远万里投袂而来，非特官吏之乐为赞成，抑亦绅商之欢于接待也。披阅所呈，拟集资首先创设银行，陆续筹办实业，以振兴商业，开辟利源为宗旨。其事虽为营业，其心不啻输边。仰见朝廷之实力保商，益信该商等之倾心报国，言词根于忠爱，览之欣慰莫名。查所拟章程，以银行实业相辅而行，本末交资筹画，洵为完密。边防殖业，其情形困难自与内地不同。既称愿集巨资，并请稍宽成法。现在中央大部招徕綦切，保护尤殷，即与例偶有未符，亦必曲加体恤。所请据情咨商之处，应准先行立案，一面听候咨部商请变通，以资发起。至所集资本一百万元，仰即备齐候验。其拟续招股四百万元，迅速分赴英美各国及南洋各埠，力为劝集，尅期开办。并望宣布朝廷德意，鼓舞同胞，共矢血诚，以维边局。该职商等深明大义，担任匪轻，努力前途，珍重自爱。本大臣、本署院殷殷希望，务薪不负此行。应候分咨出使英美大臣及照会南洋各埠领事，一体保护，尽力维持，以成斯举。并候将所拟章程，咨商农工商部，核覆饬遵。等因。二年四月，江南开南洋劝业会，吉省派员解陈列品计十部六十二类四百七十五种赴会。内人参、貂皮、东珠、乌拉草及珍禽奇兽为土产之特色。现督抚议开拓殖银行于东三省，已拟具章程。

> 东狩先同度量衡，黄钟根本帝心明。
> 整齐画一名臣奏，成器颁行制造精。

吉省市尺较工部营造尺，每尺长一寸。米、麦每石重三百六十斤，较通州仓斛每石计二石半，并有重至七百二十斤者。秤十六两至十八两、二十两、二十四两不等，市平较库平每两小三分七厘，与各处亦大小不一。商民习惯通行，大约各省如此，非独吉省为然。光绪二十四年三月，农商工部尚书溥颋会同度支部奏，略言：一曰恪遵祖制，以营造尺、漕斛、库平为制度之准则也。中国度量衡之制，始自虞书，详于汉志，其言度之数本于律，权量之数本于度。自晋迄明，罕通斯义。惟我圣祖仁皇帝稽古同天，前民利用以横累百黍之度为古律尺，纵黍之度为今营造尺。凡漕斛斗升之容积，库平法马之体积，以营造尺之寸法定之。然后律、度、量、衡四者，乃真符舜典、班书之精义，皆一贯以相通，为列朝所未有。今工部营造之祖器，虽已无存，而御制律吕正义之图，与仓场所存康熙时之铁斗，证其尺寸不爽。是成法确可据依，即旧贯无烦改作，此祖制之所以宜恪遵，即臣等所谓定一尊者也，一曰兼采西制，以实行画一，各种度量衡之制度也，法国迈当之制，风靡一时，英俄日本等国皆已参行。然其本邦旧制，仍多未改。况中国五千年来之习俗，百姓之日用，而不知何必更张，反滋纷扰。顾有以不改为便者，亦有以改为便者，如近日学堂工厂铁道建筑多用英法之尺，兼及英日之权器，已遍于国中，规必求诸域外，何若以伐柯之则，为塞漏之谋，以集合所长，为统同之计，此西制之所以宜兼采也。顾尚有进者，祖制虽宜恪遵，而立法或因时而异。故康熙时之定制，雍正、乾隆以来已有变通。今就会典所载，拟增损者约有八端：一、改量地之步弓为链尺；一、依今库平之式改方镮为圆圈，改两尖齿为对针；一、改法马为圆筒形，不用肩圆旧式；一、改金银每方寸之比重为纯水一立方之比重；一、于制度之内增矩尺一种；一、于量制之内增勺合概三种；一、勺合升斗，均各增圆式一种；一、于衡制之内增商用天平，及一毫、二毫、五毫、一厘、二厘、五厘之法马六种。凡此皆习用，已几于默化，而官司尚未有明文，允宜纂入定章，垂为世守，此用旧制而不能不加损益之情形也。西制之采用者，除度制之内酌增折尺、链尺、卷尺三种，衡制之内酌增重秤一种，及上条之圆筒法马，纯水比重外，其余各种制度，粗者既未必通行，精者又聚难仿造。即如用西国精平以权中国生银之重，即时有损坏之虞，与其制不合宜，曷若俟诸异日。此又采西制而不能遽求全备之情形也。以上四者，于制度之所宜，似已得其大要，顾欲实行画一，必须先挈纲维，小人草偃，由君子风行，上有道揆，斯下能法守。今若不将官用之器，先求一律，又何以风示齐民。故官用之器，期以二年全行新制。若商民所用，改之太骤，恐积习难移，转成虚饰。迟之过久，恐相安无事，又至愆忘。拟期以十年，将旧章全废。十年之中，先于第一年内将各省府厅州县城乡市镇最通行之旧器，酌留一种。再于第二三四年内，将各省城及各商埠所留之旧器全改用官器。再于第五六七年内，将各府城所留之旧器全改用官器。再以三年之期，使各厅州县所留之旧器全改用官器。而总以旧器准用而不准造，及旧器与新器相差若干，一一折算之办法，为扼要之图，而且由官以及于商民，由省会商埠以及于内地，施之有序，操之不蹙，必使在下者无纷更之患，在上者无阻格之虞。而后整齐风俗之规，乃不致为刻核厉民之政。此又臣等斟酌推行章程，不能不倍加慎重之一端也。然而中国向来所以不能画一者，固由广土众民，自为风气。亦以宋斤鲁削，绝少师承。若非由臣部特设一厂，凡各种度量权衡之器，皆用机器制造，专归此厂发卖，不能使式样材料均归一致。考宋太宗时，度量权衡皆由太府掌造，以给官民之用，实为前事之师。近代各国由官专卖者，为财政计，则如日本之烟草，普奥之富签。为行政计，则如英、日之电邮，法、德之铁路。今臣部以专卖为画一之基，固为行政计，而非专为财政计矣。此由臣部设厂专卖，尤为画一制度最要之事也。惟是立法虽在部臣，行法则全资疆吏。初办虽宜宽假，持久则要在精严。故有虞五载，而一正量衡，月令一岁，而两平权概。明代三日而一较斗秤。即各国之制，亦有巡警以为检察，有自治局以助稽查，故能令行而禁止。中国警察自治皆甫萌芽，已有者，尚堪相助为理；未有者，岂能坐待其成。只可于地方官之外，责成商会以为枢纽，庶易推行。惟官商通弊，尚有二者必宜虑及，一则度量衡器纵极精良，用度量衡器之人仍可意为高下，一则平制虽经厘定而银色仍可低昂，此非明定制币，不用生银，断难有济。但币制未能即定，亦当严束在官之人，以祛前之弊，偏设公估之局，以祛后之弊。至臣部所定章程。如有于地方不便者，尽可由各省随时商改。如果有奉行不善者，亦当由各省实力严惩。庶圣主便民经国之大猷，不至为猾吏奸商之所阻。此又不能无望于行政之人，而预为筹及者矣。兹将臣等所拟度量权衡画一、制度图说总表，及推行章程四十条分缮三册，恭呈御觉。等因。奉旨：会议政务处议奏。钦此。八月经内阁会议政务处议准、覆奏。奉旨：依议。钦此。宣统元年闰二月，又奏于京城，设立制造用器工厂，请旨，饬下各将军督抚都统督率藩司及劝业道竭力奉行，奉旨依议。咨行到吉，当于劝业道署设全省度量权衡局，二年，又裁并于工料。

飞行绝迹附车航，万里邮传道路长。

## 电报电灯兼电话，扩充西学究声光。

吉省冲要各地方，多半已设邮政局。惟僻远之区，尚未一律设齐，订有中国邮件寄费表、邮政章程、邮局快信章程、日本邮政价目表，又寄汇款价目表，又寄小包价目表。宣统三年六月，中国已将邮政收回，自办电报。自光绪十一年。北洋大臣李鸿章会同将军希元奏，略言：吉林珲春地方，逼近俄疆，距省较远，驿递文报，动则经旬，设遇边情紧急，深恐贻误事机。现在津沪电线，已由营口设至奉天，如再由奉天迤东设至吉林省城，并达珲春，非持边务文报无虞梗塞，即南北消息亦较便捷。由总办电报局盛道宣怀照津沪工程，每里合银六十五两有奇，计自奉至吉，以达珲春二千余里，估需银十三万余两。拟筹官款十万两，由沪关出使经费项下拨借银五万两，又由部借垫银五万两，在吉林防饷项下分作五年扣还。其不敷之三万余两，由该道劝谕众商集资相助，分年由商局缴还官本，仍照提若干扣抵。官报信资至常年局费、修费，均由商局自行开支。诏：可。于是设电报局于会城，而珲春、伯部讷亦各有所设。十三年，练兵大臣穆善图奏请展设电线至黑龙江。诏李鸿章经理其事。十四年，将军希元奏免筹还前借出使经费银五万两，十九年，总理衙门议准吉林与俄接线以通洋报。七月，珲春之线遂与俄国那克斯地方相接，线道西界与奉天分。自威远堡边门缘站道而东，曰蒙古和罗站、叶赫站、克尔苏站、阿勒坦额墨勒站、伊巴丹站、苏斡延站、伊勒们站、蒐登站以达会城，都五百余里；自会城迤东曰乌拉站、额赫穆站、拉法站、退抟站、伊奇松站、额摩和索罗站、塔拉站、必尔罕毕喇站、沙兰站，以达宁古塔站，都八百余里；宁古塔迤南曰新官地站、玛勒瑚哩站、老松岭站、萨奇库站、瑚珠岭站、哈顺站、大坎子站、穆克德和站、密占站，以达珲春，都六百余里；迤东而北曰金珠鄂佛罗站、法特哈站、登伊勒哲库站、陶赖昭站、逊札堡站、浩色站、社哩站，迄伯都讷达伯德讷站与黑龙江线道接。二十六年，日俄之战为俄人借用。三十年，由外务部与俄交涉取回。其总理为皖中吴太守彝年。相沿至今，颇著成效。宣统二年，东北路道王观察珣以吉林东北至乌苏里江口起，蜿蜒而南至蜜山府，计程二千余里，中经新设治之郡县，跨及临江府、绥远州 饶河县、虎林厅属，处处与俄近接，电报不通，消息阻滞，遇有紧要事故，辄就近由俄电转，诸多不便。呈请督宪饬东三省电报总局设法架立。旋据详覆，需费十万两，如能仿照前年吉省修筑吉延、秀哈两线成案，由本省认筹，则将来建筑报房及各项附属用费，电局自当补助以竟此工。否则，此路电线所经之地，半多荒野，将来报费所入与常年养路之费，能否相抵，尚无把握，不得不慎重于先云。旋由东督移知吉抚，饬度支司筹议，卒以费巨款绌，未克举行。现又筹办农长各线。按报凡四等：头等报，惟军机外务等部暨各省督抚事关军国者发之；二等局报，三四等官报，又有明码、密码、洋码之分。宣统元年三月，邮传部重订收发电报办法及减价章程。电话即德律风，光绪三十三四年间，陆军三镇曹统制驻扎长春，安设吉长电话以传递军中消息。署道宪徐饬电报局，总理吴太守接展。为官商民间之用，曹统制亦极赞成，允为挂线。现吉省已有四百八十号，吉长亦可通话，订有电话规则。至电灯处先归商办，设有公司。宣统元年，奉督抚宪批准，收回官办，仍在东莱门外建筑厂屋，购置机器，架设杆线，先尽城箱内外繁盛地方，按图布置，余俟逐渐推行。除省城外，长春、哈埠亦有电灯。

现省局坐办系洪观察怿孙兼差。又宣统元年春，邮传部声明，各省有电话、电灯处，所须将章程报部立案。以资考核。

文报专司不惮劳，星邮毋虑站丁逃。
台尼堪久安耕凿，免役天恩乞例叨。

宣统元年三月，陆军部覆奏内称，东三省总督徐世昌等片奏：吉省驿站向分南北两路。照章奏派监督二员分司其事。现在地方日辟，旧设站所未能遍及，传送纡回，深滋不便。兹于省城先设文报总局，即委试署民政司谢汝钦督办。旧有之监督应请先行裁撤。所有全省驿递事宜，概归官局管理。何处应设分局，何处应置马拨，均着体查情形，次第筹办。其向有各站，皆暂不更动，一俟某站文报已通，即将某路驿站裁撤。予限半年，一律竣事。先行奏报立案。等因。宣统元年二月二十七日，奉朱批：该部知道。钦此。由内阁抄出到部，臣等查东三省经兵燹后，庶务繁兴，凡驿站各项事宜，固应切实变通，认真筹办，惟是各省驿站钱粮之交代，官弁兵丁之责成。如马匹疲瘦，公文破损，及迟延沉匿，折动泄漏等弊，议处议罪，例章极为严备。是以臣部于光绪三十三年五月覆准奉天裁撤驿站改设文报局所案内以各局所员弁人等，薪工既优，责成綦重，如迟延遗失等弊，亟应严定章程，随时查察，照例核办。先后奉旨依议。钦此，钦遵。咨行遵照办理各在案。兹据该督等奏，裁吉林驿站盐督，仿照奉江省，一律筹改，自应照准，第思变法必贵乎因时，而行政必期于尽善。各该省所设文报，一切经理员弁，有何考成。倘或浮冒钱粮，废弛公务，宜如何办理；马步各拨弁兵夫役，系何等人格；倘将文件拆损延匿，宜如何惩治。该督抚经营伊始，即应惩前毖后，思患豫防。查照以上各情弊，参酌例典，严定章程，切实核办，并将议订办法，详晰奏明咨部，以资遵守而期久远。等因。先是光绪七年，铭安、喜昌、吴大澂会奏，略言：通计两路站丁共原额丁八百七十五名，续经添丁二百四十三名。共额丁一千一百一十三名。每丁牛一头、马一匹，共计牛马各一千一百一十三头，不敷应差之用，亟应添丁加额。视驿站之冲僻、定丁额之多寡，拟请各站再添额丁三百六十七名，仍照定章，各置牛马，并喂养草豆银，又有拨地耕种者。纯庙台尼堪诗注：国语谓汉人为尼堪。康熙年间平三藩，以其遗类守台，因名曰台尼堪。近年皇恩浩荡，各役多免。凡蜑户、惰民、丐籍以及奴仆皆予开放。则已裁驿处之站丁，固已久安耕凿，与土著无异矣。按驿站本属兵司，改省后隶于军政项下，旋改设文报局，辖于民政司，以赵司马仙瀛为局长。宣统三年春遵部章裁并于劝业道之邮传科。

松花江接黑龙江，华与俄人航业双。
若恐利权多外溢，拖轮广带木兰艭。

宣统元年八月，督抚会奏吉省筹办松江上游官轮以兴航业；而顾江权一折，内称窃查吉林诸水，以松花江为巨。自长白山发源，曲折而下，达于省城，再折而西北五百余里至陶赖昭站，与东清铁路相接，再西三百里抵新城府，又折而东北至三岔口与嫩江合流，由哈尔滨以达于呼兰、三姓一带，固全省之经流，天然之航路也。惟是江流湍急，民船畅行。东清铁路公司轮船由陶赖昭溯江上驶，以达吉林，颇获传输之利。哈尔滨帆樯萃集，俄轮尤多。前督臣徐世昌、前抚臣朱家宝，思欲挽回江权，因谋振兴航业，派员调查履勘，试购轮只，于上年春间设官轮总局于哈尔滨，设分局于省城，分投经营，以便商旅。第下游地段绵长，航运发达已久，而陶赖昭以上，滩多水浅，江路维艰，首尾既不能相连；省城以下江程，总局遂不遑兼顾。上年冬间，设松黑两江邮船总局于哈尔滨，以官轮局所制吉源、吉瀛轮船两艘及帆拖等船拨归驶用，专任下游航路江防。本年四月间，臣锡良业经附片陈明在案。臣昭常以为，省城商埠尚未开办，情势与哈尔滨不同，既有俄轮往来，而无官轮与之角逐，非徒无以保商旅，且将无以振江权。复将省城官轮分局改为上游官轮局，以吉清轮船一艘、拖船两艘，专驶由省至陶赖昭一带。上年官轮开驶未久，即届封江。本年夏秋以来，信用日彰，商货闱溢，现又由沪购造轮船两艘，运吉装配，加添拖船，以图扩充。并饬劝业道妥议章程，督同经理该局购轮造船。至常年经费，业由度支司筹拨济用。相应请旨饬部立案作正开销。等因，奉朱批：该部知道。钦此。按陶赖昭即陶赖洲，又名小城子，上有客栈，惟轮船马头距东清火车站约七八里，路极崎岖，风雨尤难行走，视俄轮之泊毕家店，另开一窄轨铁道，刻期用汽车送至火车站者，劳逸悬殊。若能铺设轻便铁路，亦利商旅之一端也。又节录松黑两江邮船章程：吉省沿江航路二千七百余里，至临江州止，江省航路二千三百余里至黑河止，此其大略也。若从条分缕析之，吉省界内之大川二，曰松花江、乌苏里江。松花江源出长白山，顺流至吉林省城，经乌拉街、锡拉河、半拉山、毕家店、陶赖昭，再下行三百里至伯都讷城，今改新城府治，再下百里即三岔河，会嫩江合流而东，又一百里至长春岭、五里垞，再三百里至双城界，又一百六十里至哈尔滨。以下过呼兰河口经猴石至马儿河、巴彦苏新店、黑鱼泡、南天门三站，直至三姓约六百里。江势直，运驶便，再下入鱼皮达子界林哲使犬部落之苏苏屯，远望乌尔古力山富克锦城，抵拉哈苏苏之临江州，共约航行八百里。迎黑龙江水同趋而东，引乌苏里直向东北，经行二千余里，过庙尔入萨哈连海岔，此松花江通流之航路也。乌苏里江其支源乃兴凯湖，其湖口东北流之水曰龙王庙子，即松阿察河，环曲三百余里入乌苏里江，仍东北流一百六十里，引蜜山府境大穆稜河，同向北趋约四百里，入临江州境之挠力河，蜿蜒东北三百余里至俄之伯力。俄驻总督于此。计沿边千余里，只龙王庙穆稜河有华人村落，其挠力河内之人，借彼岸驿马口，又名厄瞒为市，距江十余里即至火车站。南至海参崴河口，北至伯力江滨，交通极便。他日我若申公共领海之约，彼此通航。由烟台渡海参崴，登火车至松阿察、乌苏里江左岸，移民实边，不数年，皆成沃壤矣。此又航业发达后扩充范围之利益也。按，以上航路有专属我领土权者，有与俄土毗连者，有航利属之俄人者，有我虽有航业尚未发达者。欲保我主权，而注重国际之交涉，固宜持大体，慎邦交，而后不贻外人以口实。此又属沿边一带关乎权利交涉之问题。为乌苏里江通航之绝大关键也。江省界内之大川，推黑龙江为巨擘，其次则嫩江。嫩江通航之区，上自墨尔根城，下行六百里至齐齐哈尔，一名卜魁,再环曲而南过富林尔矶,至茂兴站之三岔河口约一千二百里。沿江两岸,鲜知耕种之业,只网鱼为生。以航业未兴,交通不便,人民稀少,致地多弃利也。由三岔河会流而东,左岸为江省肇州厅、呼兰府、巴彦州、木兰县、大通县、汤源县;右岸为吉林省新城府、双城厅、公田局、三姓至临江州止,计沿江一千七百余里,华洋交冲,商贾云集。如果着实整顿航业,权利之收,正在反掌间耳。此又吉江两省、松嫩两江合流航路之实在情形也。又内分五科,其工程科云:松、黑两江航路,水浅石多,轮船往来时虞搁浅。自吉林省城至陶赖昭站仅四百余里。险滩已指不胜屈,如蜜什哈、乌拉、乜什马屯,锡拉站城子、杨家滩、大鱼屯,五棵树至毕家店。江中险滩不下四十余处。下游一带,自青山口、靠山屯、五家站、浩色鹰山、舍里站、大小雅达洪,三百余里至新城府,江面虽属辽阔,险滩仍复不少。由伯都讷之三岔河东行入大通县境三块石,江底石礁约十余里,由临江州至万里河屯,险滩尤甚。当详细考察,逐段雇工修浚,以期船行无阻。其余修理轮船机器及建筑船坞码头等事,尤当会同航政科通共规划,总期臻于完善,俾航业日益发达。其防务科内云:松黑两江地届边疆,人烟稀少,盗匪充斥,而吉林省城水路至半拉山三百余里,两岸林庄尚密,其下游至伯都讷之三岔河八百余里,旷野无人,向为盗贼渊薮,左扰及长春、农安、郭尔罗斯公蒙古界内;右侵害新城、榆树等府县商民。此剿彼窜,出没无常,来往船只受害甚多,行旅几为绝迹。急当设水面巡警一区,佐以浅水官轮一只,拖船两只,备以炮位枪支,梭巡缉捕,保护公安,划以陶赖昭江边为根据地。其嫩江通航之区,上自墨尔根城,下行六百里至齐齐哈尔省城,再环曲而南过富林尔矶,至茂兴站之三岔河口,约一千余里,亦设水面总巡一区、浅水官轮一只、拖轮两只,照配枪械。以富林尔矶为适中,仍注重茂兴站一带,缘茂兴站为开垦农民往来孔道,舟车载渡,保护尤宜周密。由三岔河会流而东,左岸为江省肇州厅、呼兰府、巴彦州、木兰县、大通县、汤源县;右岸为吉林省城,新城府、双城厅、宾州厅、公田局、三姓至临江州止,沿江一千七百余里,亦设水面巡警一区、浅水官轮两支、拖船四支,照配枪械。以哈尔滨为总汇。此松、黑两江筹防之大略情形也。计吉省沿江航路二千七百余里至临江州止。江省沿江航路二千三百余至黑河口止。凡网户、渡船、帆船均归本局保护,遇有事故,两岸陆路、防营、巡警、陆军均须联为一气,江面阻击盗贼,陆路应即堵剿,以收指臂之助。但本科防务,专指江面而言,不与陆路防务相侵越,各清权限而重职守。其渔业科云:本科为地方提倡实业,亦资为补助,航业不一,端小民生计所在,弃利于地,虽沃壤亦同石田。查松、黑两江产鱼之盛,实属生利之大宗,徒以地处边外,沿江渔户常患匪扰,不能安业,而且习故蹈常,凡捕养醃制,新法素不讲求,以致天然富有之出产归于无用。本局业设防务为之保护,复设渔业公司为之倡导。凡属渔业一切事务,均由本科筹议。办法极力改良,总期开辟利源,小民生计有资,庶匪党亦杜绝其羽翼等语。又沪商朱江等购置轮船,禀准在珲春一带行驶,藉收江海之利。按:中国订有松花江轮船运货章程。又外务部与俄使新订松花江航行约文及中俄订立松花江航行贸易新条约。

合将渔猎补农闲，鱼取诸渊兽取山。

执事转移劳动力，不同无业涸人寰。

吉省早寒，农事半年已毕，民间每从事于渔猎，又有作苦力之一种。自食其力，终胜于无业游民。

林业无妨裁撤一，扩充者二变通三。

事归实济经猷焕，款不虚縻计学谙。

宣统二年秋，道宪黄禀督抚文。略言：吉省实业亟应兴办，惟限于财力，以致未著大效。请将林业一局裁撤，电灯处、官轮局、农事试验场三处变通办理，而以节省之款扩充矿务、垦务两事等情，当奉批准，已将林业局先行裁撤矣。以上劝业道。

四路道暨府厅州县。按：吉省向少民官。改省后，经历任督抚因地建官，除各司外，有四路道及府厅州县佐杂教谕等员，恍同内地。但新官制一行，必又有裁改。今纪其大略于此。

地区郡邑佐员添，守令亲民六计廉。

四道分巡唐节度，邦交关税一时兼。

宣统二年五月，抚宪批民政司呈请拟设佐治各缺文：现议增设佐治各员。首贵循名责实，饬今会同各司审度各属繁简情形，分别即设、酌设、缓设，并委用。通章妥晰厘订，详候核夺。等因。旋于行政会议处提议改从新制，如警务、视学、典狱、劝业、主计等员，何者必不能少，何者可以暂缺，以及如何任用如何筹拨经费，由各议员各抒所见，付司道等核议。俟决定后，再行宣布实行。新设又四路兵备道，皆兼交涉、关税，分辖本路府厅州县佐杂各员。

旗务处蒙务处附。按：光绪三十三年五月，总督徐、巡抚朱会奏，以吉林现奉谕旨改设行省，所有各旗营事宜，亟须切实调查，以资考核。札委民政部员外郎成沂、陆军部主事巴哈部等，会同调查全省旗务，并将派定员司暨调查缘由，札饬各司旗遵照。暂借鸟枪营署作为调查全省营务处，于六月开办。又以吉省旗属官兵安于旧习，非先开通风气，诸政虽期完善，假巴尔虎门内观音堂设立调查旗务宣讲所。钦遵谕旨，以开通风气，化除满汉界限为宗旨。于八月开会，按期宣讲。嗣因各旗营筹议，愿将旗属所有官房、地基、租项和盘举出，创办十旗公立学堂，造就满汉子弟，以镶黄、正白两旗署作为学舍。经提倡各员禀准开办。迨十二月间，奏改吉林官制，旗务暂不设司，以旧有兵司与调查旗务归并，改为旗务处。等因。奉旨允准在案。设总理、协理、帮办各一员，公同筹画全局一切，酌拟大概办法，查照各司旗原送事宜，参以新设官制，并仿照奉天旗务处设科，名目略事变通，划分四股：曰仪制，掌管朝贺典礼、陈设祭品、常年例贡、例请旌表各事项；曰军衡，掌管旗员升调补署、军政京察、挑补兵缺驿站马政各事项；曰稽赋，掌管旗属官兵俸饷、红白恤赏、随缺地亩、征收旗地各项租赋、添置牛具，并田房税契、族丁户口、三代册籍等事项；曰庶务，掌管调查旗丁职业贫富、筹画归农、劝学宣讲、筹办实业，并逐日收发文件、监用关防、出纳款项，及各项杂务等事项。设正管股五员、帮管股十一员、额外帮管股一员。其兵司原有铜质关防，咨部缴销，发给木质关防。文曰：吉林全省旗务处之关防，于三十四年三月启用。仍就鸟枪营署改建衙署。是为吉林全省旗务处成立之始。旗改股为科。六月，新会中丞抵任，适总理开缺，协领恩庆因病，呈请开差，即以原派之协理成沂，帮办巴哈布递升为总理、协理，并派调吉内务府员外郎文彝为帮办。宣统二年四月，以道员庆山为总理，文彝为协理。元年八月，已将旗务处办有成效会奏立案。又附奏旗务处附设蒙务处，略云：吉林西北两面与郭尔罗斯前旗接壤，近年东清南满轨线纵横，该蒙旗适常其冲，交涉事件日益增繁，筹蒙实边洵为要政。上年春间，经调任抚臣朱家宝、拣委候补道路槐卿，前赴该旗调查一切。迨臣到任，与升任督臣徐世昌体察情形、以奉省业已设有三省蒙务总局，遂于上年九月间设立吉林蒙务处，札委旗务处总理成沂兼办，不支薪水，并派路槐卿为协理，酌设文牍、翻译等员。复查调任抚臣朱家宝任内，会以蒙情锢蔽、诸待开通札，委政治调查局总理、学部郎中马瀛年编缉蒙话报，藉以疏瀹蒙情而开智识。嗣因蒙务既设专处，亦即饬归该处承办，以专责成。此又附设蒙务处之情形也。参考档册及公署政书。

满蒙世族起风云，累叶簪缨竞树勋。
为建八旗生计策，开屯发自富将军。

　　吉省地介围场，本在封禁之列，文诚公富俊四任吉林将军垂十三年，于嘉庆十九年再任将军时疏言：拉林西北双城子所在，土地沃衍，应行开垦，移驻京旗。仁宗命具试垦章程以进。寻疏：先于吉林等处闲散旗人内挑选屯丁千名，每丁给银二十两，籽种谷二石。于拉林东南夹信沟地方设立三屯，每丁拨给荒地三十垧，每垧六亩有奇，垦种二十垧，留荒十垧，种三年后，垧酌交粮贮仓。十年后，移驻京旗苏拉时，将熟地分给京旗人十五垧，荒五垧，所余熟地五垧，荒五垧，即给原种屯丁，免其交粮，作为恒产。一切农具耕牛，分别采买，于明春试垦。如所议行。二十二年，调盛京将军，明年复调吉林将军。疏陈：吉林站丁典卖与民地万三千五百六十三垧，请赐额设站丁八百五十名，每名十五垧九亩零，作为随缺工食。如所请行。二十五年，疏言：双城堡左右二屯屯丁到屯，比屋环居，安土乐业。又条陈：中左右三屯未尽章程，从之，且嘉其实心任事，加一级。道光元年，疏陈：吉林屯田移驻京旗闲散章程如所议行。明年授理藩院尚书，四年复授吉林将军，疏请每旗各适中之地建设义学，从之。又条上双城堡移驻京旗章程，略云：一、移驻京旗，大都无力觅工，请将户部应发银两，俟抵吉林后由将军衙门备用银两项下发给；一、每年应修住房百间，于本年冬间备料以省运费。宣宗嘉纳焉。是年冬疏言：吉林伯都讷开垦屯田，奉旨俟双城堡有效再议。今双城堡三屯办理完竣，移住京旗视为乐土。伯都讷围场计二十余万垧，荒芜既久，地甚肥饶，开种易而经费亦省，视双城堡事半功倍，自应及时筹办，如所议行。初，部议双城堡移住京旗闲散只身，予房间牛种器具半分，不为户，命体察以闻。疏言，只身闲散至屯种地，无人炊爨及守局，并恐举目无亲，随意游荡，且每户应得房间等物半分不能适用，应将只身者不必拘有妻室，但有父母子女或伯叔兄弟等二三口，均可作为一户，照定章给予全分。如所议行，寻谕以筹办屯垦，不避嫌怨，尽心宣力，著有成效，加太子太保衔，七年，授协办大学士，命来京供职。有窦心传者，官知县，坐事黜，来客于吉，文诚知其才可用。双城堡屯田多所规画，疏复其官。富俊卒于东阁大学士，年八十有六，赠太子太傅，赐祭葬，谥文诚，入祀贤良祠。宣统元年十一月二十五日，新会中丞奏拨荒安置赫哲旗丁一折，略言：查有临江州富克锦地方，原有赫哲四旗。向以渔猎为生，不事生人产业，近经该管官设法提倡，始知学习种植五谷，而其生计之艰窘，尤为各旗丁之最。复查临江州属苏苏屯、富克锦州城、乌苏里等地，尚有未经放出余荒与黑赫旗丁相近，拟每丁拨给十响，以资开垦。现据呈覆，镶黄等四旗计四百三十九户，共计一千二百丁，拨给宽荒一万二千垧，填发大照，令其开垦。今既拨地领种，自应责今归农，岁贫饷糈亦应停止。该丁等初习耕作，开垦之初，事事需人先导，加以牛具籽种，所费甚巨，若不预为筹及，则坐守荒田，仍属资生无策，仰恳天恩俯准。由宣统二年起，仍发给恩饷三年，以作农本，用示体恤，该处气候较冷，收获既少，成熟亦难，仍请由开齐之日起，五年后一律升科。现临江州已改升临江府，富锦县亦将设治，此项归农，赫哲丁户该照安置地界分别拨归临江府、富锦县管理，该旗尚有佐领四员，防御二员，骁骑校四员，笔帖式二员，应请裁撤。援照成案，俟有相当缺出，酌量调补，或予以外官出路。其未经改就以前，拟照江省裁缺成案，给食京俸，以示体恤。至他处城旗能否推行，再行奏请核办。等因。当日奉朱批：该衙门议奏。二年四月二十五日，经度支部会同民政部、吏部、陆军部议准，复奏，当日奉旨：依议，钦此。是年东北路道王观察有三姓放荒新章，亦筹八旗生计之一也。

祀典尊崇祭品齐，预储簿记数堪稽。
帝乡土物依时贡，鹿尾雕翎敬谨赍。

吉省祀典所载：如长白山、小白山、龙潭山、松花江、以及昭忠祠、名宦祠、乡贤祠、节孝祠、忠勇公多隆阿、壮愍公伊兴阿、成勤公富明阿、忠介公金顺、果勇将军穆善图、忠靖公长顺各专祠，为吉省特别之祀。余如坛庙各祀与各省同，春秋两祭祭品，各如典礼，由旗务处仪制科承办。至贡品，有月贡、岁贡、万寿贡之不同，由果子楼、打牲乌拉总管、吉林将军、三姓副都统各处呈进。现将军副都统总管等已裁，由承办之员禀承旗务处经理。其贵物为人参、东珠、貂皮。其食物，为谷、麦、蔬果、兽肉、鱼鲜之属。其用物，为箭杆、桦皮、骨角、羽毛之属。其动物，为飞禽、走兽之属。兹举鹿尾、雕翎以例其余。

劲旅分旗久驻防，六城弓马最精良。
改操火器研西法，枪炮无虚胜挽强。

吉省旗兵一万名，官弁三百余员，分驻各处。向归省城、三姓、珲春、宁古塔、伯都讷、阿勒楚喀六副都统所管。而辖于将军。现将军、副都统已裁，统归旗务处经理。自弓箭废弃后，各弁兵亦改习枪炮。近日畿辅及本省新练军，均参用土著旗丁，将来训练有成，不难追武国初劲旅也。

积粟无多请豁除，不将红朽涸边储。
义仓虽废公仓在，收纳旗租俸有余。

吉省仓储向有公仓、义仓之别，皆由旗丁交纳。公仓以备支给文员俸米等项之用；义仓以备歉年接济。光绪三十二年，将军达桂以兵燹之余，各处义仓房屋多被拆毁，且旗地今已一律升科，近年粮食又贵，奏请此项仓谷永远豁除。惟查明未毁义仓存谷，俱分变价，以充饷储。自三十三年改行省后，旗人应纳租赋，仍责成旗务处经理，汇解度支司，其应需款项如官兵俸饷之类。旗务处不能迳行支给，移行度支司核发。

生齿椒蕃俸饷微，以裁为益裕生机。
学堂工厂同时建，教养兼施到十旗。

吉林驻防满蒙汉八旗户口，据光绪三十三年调查，大共二十九万四千七百十二丁口，益以官庄、台丁、站丁二万余人，统共三十余万人。现又三年矣，当岁有滋生丁口。〔宣统二年调查计有四十余万人〕惟旗官俸饷微薄，上至协领秩在三品，岁俸不过六七十两，现经抚叠次会奏，除奏裁各缺外，余拟请缺出不补腾出之俸，俾可酌加得力之员。部覆已移变通旗务处核议。即以甲兵而论，每月应领银二两，尚须减平折扣，故拟将年力合格之兵挑选陆军。近年酌提公产出息为经费。于省城设立十旗公立两等小学堂、满蒙高等小学堂及工厂，以资教养。按八旗益以汉军及鸟枪营为十旗，与哲里木盟十旗之专属蒙古者不同。

满汉婚丧礼各崇，偶居渐渐染华风。
九重屡降融和诏，姓氏冠裳愿大同。

满汉婚丧礼节大同小异，数百年来偶居无猜，亦渐染华风矣。自光绪庚子以后，屡降融和之诏，而成效未大著者，则以妇女服饰不同，且无译成汉文简明姓氏之故。若略仿北魏锡姓及定服色之制，使风同道一，则不必日言融和而自然潜与之化。况婚姻许其互通，更无畛域可分乎。

放荒设治代征租，鄂尔罗斯识远谟。
百九十旗如一律，豳风耕织入皇图。

吉省辖地如长春、农安、长岭等处，均系借蒙地以设治殖民，与郭尔罗斯公前旗有密切之关系。该公爵为十旗盟长，隶藩属三百余年，安于游牧，旧习崇尚佛教，而政教窳败。其土地广袤，生荒居十分之七。除长春、农安等处已放生荒由汉民开垦，成熟四十余万垧外，尚有大段生荒。且境地为南满东清轨线所贯注者约地二千余里。如铁岭、昌图、四平街、公主岭等处，久为日人所经画；拉尔基、昂溪、安达、五站等处复为俄人所侵略，交涉日繁，不可不先事预防。然该公爵已放吉省各处设立郡县，属奉天之昌图亦已改府，收租食税，不劳而至。若全境皆放，其利更无穷。计内外蒙古共百三十四旗，以及察哈尔、青海厄鲁特、科布多等部，统共一百九十九旗。倘能一律开放，导之耕织以为养，牖之诗书以为教，并习工艺商贾，使外藩同于内地，则开垦实边，岂仅尺寸之效已哉。宣统二年三月，蒙务处呈请转商该公爵开放蒙荒文。略言：查郭尔罗斯前旗，屏蔽北壁，密迩吉林，土地膏腴，幅员辽阔，富强之基，甲乎各部之上。只以畜牧相安，犹是闭关时代，致利权坐废，实属可惜。如职道槐卿往年调查所经塔虎城、色克基、卡伦等处，尚有可垦沃壤二十余万垧。前于调查事竣，会经绘具图表以闻，嗣设蒙务专处，复经司员成沂商酌情形，呈请勘放各等因在案。当以该旗故步自封，视开垦为畏途，未经举办，自此天演竞争，列强环伺，以天然之利益变而为盗匪之巢穴，耕作裹足不前，江省前已议及。若再耽搁数年，外人乘间干预，不蹈延吉复辙，即诱以金钱主义，开门揖盗，患何可言。与其机宜坐误，何如及早图维。拟请宪台咨商该旗，晓之以时局，重之以利赖。开垦则利在公家，利在该旗；荒芜则公家之不利小，该旗之不利大。长春、农安、长岭等府县即其已然之明效也，反覆劝勉，使之渐就开明，再为奏咨立案，设局开办，实与国计民生、实边清盗各节，裨益良多。俟款集有成，再酌行新政。而蒙务前途，当不难措理矣。旋派员前往磋商，迄今尚未议妥。

欧亚风潮各竞强，郭旗小志尚蒙荒。
藩封及早开行省，白岭松江带砺长。

吉省介日俄之间，亟宜筹蒙郭尔罗斯前旗，尤关紧要。惟融和满汉不难，而融和满蒙汉则难，亦在秉钧者之力任其难耳。余曾著有郭旗小志，附刊于北京是集本内。

宗教红黄派不同，耶稣天主恐潜融。
语言文字如通汉，定识儒家孔圣崇。

蒙古崇尚喇嘛教，其教有红黄两派。近日又有耶稣天主洋教流入边陲。似应多设义塾，今其能通汉人语言文字，则知尊崇孔子，逃佛归儒，庶不为他教所惑，以上旗务处附蒙务处。

军政　按：吉省为八旗驻防地，本有马步及鸟枪、水师等营，旋以胡匪纵横，光绪年间经督办边务大臣吴京卿及历任希、铭、长、达各将军，组织捕盗四十营。三十三年，征有陆军步队之一协。三十四年，奏改捕盗营为巡防马步队三十三营，分五路巡防。宣统二年，经督抚会奏，除前路驻防延吉一带暂缓改编外，余四路改并陆军成镇，于十月朔成立。参考公署政书、通志、邸抄、官报。

旗民一律练精兵，新旧军成共擅名。
步马炮工辎重队，改编成镇始经营。

宣统二年二月十九日，督抚会奏：为统筹吉省边防兵备情形请将旧有陆防各军先行改编陆军一镇一折内称：上略。臣等身膺疆寄，目睹时艰，急遽万状间尝统筹全局，以为吉省至少非练陆军三镇不敷分布。意以一镇驻扎三姓、临江东北一带；一镇驻扎延吉、珲春东南一带，更以其余一镇，分扎内地为防剿胡匪之用。庶几边腹相联，缓急可恃。惟吉省自经兵燹之后，元气久伤，至今未复。近年举办各项新政，罗掘一空，部定一镇之兵尚难如期成立，何能遽言三镇。论国防则嫌兵少，论国帑则患兵多。顾此失彼，实难偏废。惟有悬此目的，暂就现有之兵设法改编，先成一镇，然后徐图扩充，以为得寸得尺之计。查吉省巡防队向分中左右前后五路，共马步三十三营。部章本有逐渐改编之议，亟应遵办。现拟除前路各营驻防延吉未便轻动，应以留为另编一镇基础外，即以中左右后四路连同原有步队一协一并改编，先成一镇，用更番抽调之法，分期训练，务使操防两无碍妨。所有官兵薪饷，拟请仍照吉省奏定变通章程，以银元核发。军官暂按八成发给，军佐暂按七成发给，目兵以下仍照定章如数发给，每年约需银一百零七万有奇。即在吉省旧有陆防各军常年经费项下移用，为数略可相抵。其开办时应购军械军需之类，除上年购存过山炮十二尊并各种枪械堪以留用者外，约需银一百余万两，则拟就地筹画，分作两年置办，以纾财力。一俟边局大定，即将所留前路各营添招成镇，再作其第三镇预备，限以五年一律编齐。现在计画已定，即先从改编一镇着手，恭候命下之日，即行成军。相应请旨饬下。陆军部、军咨处暂行编定镇数电咨到吉，以便刻期举办，而免延误。惟臣等更有请者，吉省度支非裕，此次改编所需开办经常各费，均系勉力支持，就地筹措，固已竭泽而渔，嗣后续编二三两镇，经费自应先期预筹以资动用。现虽竭力搜罗，业已筹有一二的款，堪以指拨。为数究属无多，方拟推广实业，举办林矿诸政，以盾其后。招商集股甫有眉目，欲求成效，尚需时日。如托朝廷威福，得以如愿而偿，自可无须上烦宸廑，设或筹款不足，应否由部酌量补助，则俟届期再行请旨定夺。明知正帑支绌中外同一为难，但为边疆筹久远之计，即为国家谋万襈之安，慎终于始，不得不先虑及之。等语。又附片奏称：请以记名提督孟恩远暂充镇统，至协统以下官佐各员，则以现充防营及原有陆军一协官长暂充。五月二十九日，经军咨处会同陆军部、度支部核准，定镇数为第二十三镇，覆奏，奉朱批：依议。钦此。现筹画一切，于十月初一日实行成镇。

督练新军处设三，征兵区域计丁男。
调查财政钱粮算，统计戎机表册参。

光绪三十二年，前署将军达桂，因吉林挑选旗营甲兵创设常备军，按照新军军制，应于省会地方设立督练公所，爰择地于省城德胜门外，鸠工兴建，并参仿北洋章程，以本省将军为督办，以下设参议一员，兵备、参谋、教练三处总办各一员，并于三处分设帮办，提调各一员，文案各二员，兵备处分设考功、执法、筹备、军需、医务五股，参谋处分设谋略、调查、运输、测绘四股，教练处分设教育、校兵二股，每股设股员二员，各分职掌。于是年七月具奏，奉旨：依议。钦此。此为吉林有兵备处之始。查兵备处原为督练之一部分，与参谋、教练三处分立。嗣于光绪三十三年正月，准陆军部咨，以吉林创练常备军仅止步队一协，遽援照陆军一镇以上章制设立督练公所，未免稍涉铺张，应改为兵备处就近督练，以资经理，而节糜费。于是有三处归并之议。三月，诏吉林为行省，五月，总督徐、巡抚朱会议，以东三省陆军应归统一，决定于奉天创设东三省督练处，以吉林原设之督练公所并入，并据参谋处总办唐观察启垚酌拟归并办法，呈请核定。批：饬将吉林督练公所改为吉林兵备处，酌留总办兼理参谋、教练事宜，仍委唐道总理。十二月，督抚会奏，议设东三省督练处，并陈明试办章程一折，奉朱批：着照所请。钦此。章程内开：以总督为总办，三省巡抚为会办，设兵备、参谋、教练、总办各一员。奉吉江三省各设帮办一员，分驻办事。三十四年，吉省裁总办，设三处帮办，改各股为各科。宣统元年八月，裁参谋、教练两处，帮办归驻吉兵备分处兼理，各科量为裁并。二月，吉林重设督练分处。二年春，奉文参谋由军咨处奏派，当派兵备处帮办兼充。六月，督抚奏准改编成镇，十月朔，成立参谋、教练两处，亦先后分委帮办。三年，春复设兵备处总办。现督练处参议为楚北李公宝楚，兵备处总办兼督练公所参议为皖中王观察赓，参议上行走为无锡高公翔，粤东张公天骥，兵备处帮办为楚北陈公培龙，参谋处帮办为湘省周公家树，教练处帮办为天津徐公世扬，三处提调为山东穆君恩堂，其科员亦均酌复旧额。盖实行改编成镇，一切俱次第扩充也。又二年三月间，设调查陆军财政局，内分总务、审核两股。六月间，设征兵局，均附于兵备处归陈帮办兼摄。三年春，遵章以调查陆军财政局归并兵备处。又光绪三十四年八月，于兵备处设统计。宣统元年二月并于督练处。又光绪三十四年，总参议田镇中玉请设稽查处，宣统二年，宪兵到吉裁去。三十四年，并请设防军执法处，宣统元年五月，改为陆防军发审所，二年八月，改设行营发审处由吉林府兼充正提调委员。发审附记于此。

白山环绕富森林，积匪跳梁窟宅深。
军路若多开十字，擒渠散胁定攻心。

吉省素多胡匪，以森林为巢穴，经江右张翼长勋，直隶孟督办恩远频年剿办，将大股及著名各匪擒斩过半，然根株尚未净绝，似应照昔年张文襄筹画琼州开十字路办法，则匪徒藏匿不易。吉省客军，则张军门勋，向驻横道河一带剿蜂蜜山胡匪，曾开列保案，现已交卸翼长，奉旨统江防带各军，驻扎江南之浦口地方，所部未驻吉境。又陆军第三镇曹协统锟，带九标等营驻扎长春其府厅州县。本省又各设有游巡队，由地方官节制，以保护所治之地。宣统二年秋，督抚会奏三省合兵警痛剿积匪。本年督宪赵莅任，又调各镇兵合剿，不难永除民害也。

### 计里开方亦孔皆，舆图测绘更求佳。
### 陆军小学先中学，门第高华贵胄偕。

宣统元年二月，三省督抚会奏筹设东三省测量总局一折，略言：伏查近世测量之学，名虽沿自东西，而实系仿于上古大禹用勾股之法，分配疆域，为治水之根基。周礼设职方一官，掌理地图，辨邦国之要害。诚以天下形势非舆图不明，而舆图本原以测量为要，后世治军、行政亦悉本图籍以经营，是测量事宜，关系綦重。矧今日处武力相竞之世，舆图未能熟悉，即攻守无自运筹。是以东西各国，除所谓政治、商业各地理外，无不有军用地图，用能策画周详，指挥无误。究其军用地图之所自，率由于测绘而来。此各国陆地测量部所由设也。中国土地辽阔，从前于测绘一项，未立专校，致绝无精确地图可资参考。近年各省测绘学堂次第兴起，奉吉两省亦于部章未颁之前，在省会分设测绘学堂一所，近将先后毕业，该堂学生程度虽有不齐之处，而学成同为致用之材。窃维东三省远在东陲，军事之计画，界务之纠纷，端赖有明晰舆图，余若屯田、置戍，何处为扼要之区，设治垦荒，何处为适宜之地，尤须实地测量，始可参酌情形，切实筹办。查南洋测绘学堂毕业，于上年奏准编成测量队，从事实测。东省地域大于南洋，形势亦较为重要，亟应援案办理，设局编队，举办测绘事业。臣等拟将奉吉两省毕业学生一百八十余人暂编测量一队，略仿日本陆地测量部办法，设立陆地测量总局，统筹测绘一切事宜。只以人数无多，幅员式廓，不敷分配，拟先由吉林入手，次江、次奉，斟酌缓急，次第测量。并由臣等随时督饬此项测量人员，遵守部章，认真办理，期无粗疏之弊，制成精密舆图。惟是事体烦重，统查三省面积约三百三十余万方里，当日本两倍有奇。然彼自明治十四年经营以至今日，历三十年之久，费数千万之多，已成之图仅及全国之半。东省虽兼程并进，亦非仓猝所能竣功。惟有严饬该局队员生等，勤奋将事，以仰副朝廷轸念边疆之至意。至开办及常年各经费，业经撙节预算。开办费约需银六万余两，其常年额支、活支、杂支各费，除测绘员生均按照前定章程，由各营挑选，应于各该营仍归底饷外，约需银六万余两。均拟由三省合筹分成拟拨，交支应处支发动用，以济要需，而免延误，此项经费应请作正开销。等因。奉朱批：着照所请，该部知道。钦此。又光绪三十二年正月，吉林将军达桂片奏设立陆军小学堂一折，二月，奉朱批：练兵处学部知道。钦此。爰择地于西关外德胜街钦使行辕旧址改建。是年八月，考取第一期学生一百名，九月开学。又于堂内另设速成将弁一科，由满蒙汉八旗俸员中挑选一百名，一年毕业。

自胡统领殿甲始为总办后，钱观察宗昌、唐观察启垚、汪大令德植、王观察金海、李帮办宝楚、陈参议璩章，挨次接办。宣统二年三月，陈总办调充督练处正参议，而以督练处文案张公天骥继之，现总办为管君。计光绪三十四年添招第二期学生一百名，宣统元年添招第三期学生一百名，本年二月又添招第四期学生一百一十一名。除第一期毕业学生五十三名遵章升送中学，暨发往陆防军见习，现堂内肄业学生共三班二百八十三人，分为日文、俄文两班，每年经费额支约银四万五千七百余两，活支约银三万三千五百余两。

制械待修机器厂，椎轮还忆水师营。
炮台飞艇新研究，那惧东方协约成。

吉省机器局在小东门外，光绪七年将军铭安奏设，以制造枪炮子弹，筑有土城。二十二年，将军延茂于局内附设银圆厂。二十六年，被俄兵占据，机械多毁，经将军长顺争回，仍行鼓铸银圆，而枪子则已停工。三十一年，改为户部造币分厂兼铸铜圆。宣统元年，于东院并设师范、实业两学堂。十一月，咨议局建议修复，制造枪械子弹，专供东三省军队，未及实行。二年七月，以陆军改编成镇，适适分厂奉文停铸，改设军械专局，以驻吉军械分局帮办李太守庆璋充该局坐办，饬就原有机器附设修械司，为修理枪炮添配子药之用，以供军警两界。惟需款二十余万两，尚在核实筹款举办。又顺治十八年，于吉林西门外、松花江北岸设船厂，东西一百五十九丈六尺，南北十八丈，凡水师制造船艇俱在此厂，黑龙江船舰亦寄此制造。康熙十三年，设吉林水师营，有总管以下等官水手匠役三百余人、战船三十只、运粮船八十只。二十三年，将战船移往黑龙江，添设桨船二十只，为捕打东珠，采取桦皮之用。三十二年，添设划子船二十只。雍正八年，裁划子船，今仅留额存之桨船数只而已，现东西各国讲求建筑各种炮台，日新月异。近又于气球内想出飞艇之法，以备升高放炸弹下坠，攻击敌人，并力求敌御及破坏之术。又议空界权限，近年各国多缔协约。宣统二年，日俄协约又告成矣。中国现于武备外交日有进步。东三省督抚极力整顿军事，自不难与列强竞胜。

量沙不必唱筹过，策画边储米聚多。
士饱马胜兵食足，酒酣得胜听军歌。

宣统二年秋，吉省陆军成镇，因设陆军粮饷局，以官银钱号总办饶观察昌麟兼该局总办。

喂养调良同政严，金台骏骨总非凡。
骅骝皆作冲锋用，阵马追风绕不咸。

宣统二年六月，准陆军部咨，于张家口牧群设北马监所，需补助费及遣员考查马政费。吉省应编一镇，应每年派解五千二百七十六两有奇，已由度支司于烟酒税项下筹解矣。以上军政、以上职官，参考公署政书、延吉边务报告书、通志、邸抄、官私各报及档册。

# 卷四

豫章沈兆褆钧平氏著并注

男世廉世康校勘

## 人　物

　　谨案：通志吉林人物断自唐，始列李谨行等三人。辽，黄翩一人。金，伯赫等一百四十七人。元，钮祜禄等十一人。明，王麒等三人。至我朝，列费英东以次五百六十三人。岂非山川钟毓，名世挺生，翊赞列圣之武功文治者耶。其间世职、忠义、耆旧、寓贤、列女亦附见焉。修志以来，迄今十九年矣，所应增入者，又不知凡几。视金源更过之，纪不胜纪，且恐挂一漏万，故于前代暨本朝各总纪一章，以伸景仰。

　　　　　　　边徼人才一代论，明前唐后数金源。
　　　　　　　女真满万强无敌，抗宋平辽却逊元。

　　　　　　　名世山川间气钟，满蒙汉族尽从龙。
　　　　　　　邠岐丰沛兴王地，人物推为海内宗。

以上人物见通志。

## 金　石

　　谨案：吉金乐石，考古者所资也。吉林风气初开，搜罗不易。通志载娄石碑文，而碑石已佚。其可考者，惟金得胜陀。以下十余种，此石之仅存者，至金则不过出土之铜印金镜。且此种小件，旋为好古者携去，他人亦无从窥见。则金石之在吉省，岂非难得而可贵者欤！难然，我朝开国以来，至改设行省以往，其间鸿猷骏烈，远过辽金，与夫山川、祠庙、官廨、学堂可纪者甚夥。若以钜制名书被之金石，则亦征前信后之作也，是不能不望于当轴。

　　　　　　　屹屹丰碑得胜陀，金源大定纪功多。

太原起义唐留碣，颂仿前人亦不磨。

得胜陀，金太祖誓师之地也。考金起混同江按出水，即今阿勒楚喀地方。金史，太祖十三年始起兵攻辽，先次寥晦城，诸路军皆会于拉林水，进军宁江州，十月朔克其城。明年收国元年，克黄龙府，遂平渤海、辽阳等五十四州。此碑盖大定二十五年，追述太祖会军拉林水时誓师之事。碑在伯都讷厅北，地名石碑岭，即额特赫格门。高七尺余，宽三尺二寸，正面三十行，最长一行七十八字，正书；碑阴十二行，女贞字，额题大金得胜陀颂，篆书，赵可撰文，孙侯书丹，党怀英篆额。碑载大定甲辰，驻跸上都，明年夏四月，诏以得胜陀事访于相府，谓宜如何。相府订于礼官，礼官以为：昔唐元宗幸太原，尝有起义室颂，过上党，有旧宫述圣颂。今若仿此刻颂建宇，以彰圣迹。于义为允。相府以闻，制曰可。

摩挲金石到关东，螭纽龙文出土中。
铜印分明金镜古，欲将奇字问扬雄。

福建陈昭令于沙阑北掘一镜，长四寸八分，阔二寸五分，四角皆委，上凸下凹，背有纽，在其端中有篆文曰"偺𫘪卤"，旁象二龙，而各加剑于首，一作水波纹。康熙年间，去宁古塔四十里之沙尔虎旧城，掘一铜章，传送礼部，大若州印，面篆"合重浑谋克印"六字，背左一行楷书如回文，右一行刻"大同二年少府监造"八字，按，大同辽世宗年号，而谋克则世传金爵也。今观斯印，则金为辽属国时已有斯爵，后特广之耳。烟集冈今为延吉府，农民开垦得上京东京等路安抚司印，宾州厅存弹压所印，背镌兴定二年，皆金时物。会城东北小城，土人耕地得实山卫指挥使司之印，背镌永乐六年，文篆作九叠，按沙阑即兰沙，其古城在宁古塔城西八十里沙兰河南岸。以上金石见通志及东三省地理志。

# 物　产

谨案：禹贡备列土物。吉林土膏沃衍，百物丰盈，稽诸志乘，已觉纪不胜纪，矧尤不止此哉。顾物产之要素，不外天然与人力二种。吉省之实业，尚未十分发达，其物产大约天然比人力为多。其地五谷皆宜，而以膏粱稻黍大小麦各种豆为大宗。近日出口豆，岁至三百余万石，价值顿昂。多种旱稻，闻水稻亦可种，若讲求沟洫、陂塘、泄水、蓄水之法，则谷产更盛。凡稗子、荞麦、苡薏、脂麻、大麻、玉蜀黍、落花生之属，随处皆有。其蔬类以蘑菇荙菜为佳。荙有作球形者。而三姓之萝葡，皮紫，瓤亦紫，味胜冰梨，亦嘉蔬也。其枪头菜之即苍尤苗，杏叶菜之即桔梗苗，歪脖菜之即沙参苗，则药亦可蔬。至鹅掌菜、山儿菜、河白菜、步连菜、甜浆、酸浆菜、海藻、龙芽、灰篠、老枪菜一名俄罗斯松，土豆种自朝鲜，等菜，皆他处所无。余若葱、蒜、韭、齽、木耳、石耳、茴香、秦椒、菠薐、蓼辛、茼蒿、茭笋、山药、水芋、甘薯、马铃薯、扶剑豆即刀豆、黄花菜即金针、暨蒿、芹、蕨、荠、姜、芥、苋、葵、茄子、擘兰之属，则与他处同。瓜之类则有胡瓜、越瓜、绞瓜、丝瓜、甜瓜、苦瓜、瓠瓜、香瓜、黄瓜、玉瓜、东瓜、南瓜、北瓜、西瓜之属。西瓜大而迟，惜天气早凉，食之者少。冰天，市人以火烘成瓜果花蔬，出售价极贵。药之类以人参为最，当以进御。而黄蓍、赤芍、罂粟、茱黄、玉竹、车前、细辛、贯聚、百合、百布、茯苓、猪苓、卷柏、升麻、防风、益母、蒌葴、旋覆、紫草、黄精、五味子、五加皮、一枝蒿、四台草、翻白草、天南星、石韦、柴胡、谷精、狼毒、钟乳、地肤、龙胆、鼠尾、老鹳咀、无名异，与夫绿蒲、碧艾、黄芩之属，入药者甚夥。花之类则牡丹、芍药、玫瑰、海棠、高丽菊、万年菊、山燕支、水粉花、一支红、月季花、荷花、葵花、草棉、金盏、凤仙、鸡冠皆有，但较内地迟开一两月耳。而闪缎花、草芙蓉、日奇花、龙头花、醉八仙花、金雀、蓝雀、重楼、金线等花，则为此间之特产。草之类以乌拉草为贱而可贵，至与珠、参称三宝。而淡芭菰之作烟。苘麻之织布、缉绳、造纸，红根草亦可索绚，皆此地之利源。宁古塔地多虾荡，虾荡者淖也。淖不可渡，中有结草如球，车马履之而过，名曰塔子头，皆数千百草根裹泥聚水，久而自成者也，亦可雕作器用。猫儿眼形似猫睛，如意草形似如意，马鞭草形似马鞭，此草之状不同。青苔之厚有至数尺者。莨菪草实，食之令人狂走，含生草可治产难，皆草之赋性各殊者。其他蓝靛、红花、萑苇、蓼芦之属，则亦无大异焉。果之类则松子出于松树之松塔，列入贡品。又枸奈、英莪、乌立草、荔支、欧李子、乌绿粟、桃花水、灯笼果、法佛哈、密孙、乌什哈、衣而哈目克，皆与他果名奇状异。而荸荠生淀中，人不知食。莲藕菱芡亦多有之。至桃、李、梨、杏、枣、栗、樱、榴、苹果、沙果、核桃、羊桃、槟子、榛子、郁李、葡萄、山查、柿子之属，则亦不逊于他州。木之类以瑞树、神树、香树、雏常、暖木、夜光木、明开夜合木、六棱木、东瓜木、桦酱瓣、索铃木、凿子木、鸡舌木为特异。而松、柏、枢、榆、桑、樗、柞、栎、杻、槐、杨、柳、楷、棘、椴、楸、杜、李、枫、椿、皂荚、白桜、桦木、冻青、茶条、花柜，皆极有用之材。此谷蔬与瓜以及花草果木之产也。若夫鸟兽，山则有雕、鹰、鹘、鹄，皆鸷鸟也，而海东青特著名。余若雉、雁、鹖、莺、白翎、红料、鹃鸣、树鸡、铁脚蜡嘴、大眼、孟鸟、哥哥、拙老婆、白头翁、老羌鹊、斑鸠、麻雀、春燕、秋鸿之属，常翱翔于林麓之间。水则有鹳、凫、鸬鹚，浮沉于萍藻，此飞禽之可名者也。兽亦分山水二类，如陆有马——果下马、关西马、野马，驴——野驴，牛——野牛，犬——田犬、猎犬、番犬，豹——文豹、貔豹，旱獭，豕——白彘、豪猪。而水亦有海马、海驴、海牛、海狗、海獾、海豹、江獭、江猪之属。而皮之贵者为貂、狐，载在土贡。如貂鼠、貂貉、貂熊、元狐、黄狐、白狐、沙狐，除沙狐外，皆极珍。又有猞猁孙即土豹，暨银鼠、青鼠、黄鼠、灰鼠、鼢鼠、鼯鼠、豹鼠、骚鼠、豺、狼、虎、貉、熊黑、熊，惟奉吉两省有之。熊则有人熊、猴熊、马熊、狗熊、猪熊、石熊之别。又有獐、狍、麝、麃、麈、麋鹿。鹿则有汤鹿、毛鹿、马鹿、驼鹿、合子鹿、梅花鹿之分。其余家猫、野猫、跳兔、白兔之属，皆皮之可衣者也。至鳞介以鲟鳇、牛鱼、鲸鱼，为最大。而鳇，鲤、鳜、鳊、鲭、鲫味特美。鲟鳇、鲭、鳇入贡。鲭鳇即青鱼、白鱼也。余若重唇、缩项、倒鳞之异，发禄、哲禄、赭禄之同，船钉、剪头、蝲蛄之细，黄花、黄铜、乌互路，达发哈之殊，以及鲢鳢、鲂、鲨、鲩、鲦、鲇、鳠、鲍、鲔、鲵、鲞种种，更仆难数。其鼋、鼍、龟、鳖、蝦、蟹、蛟、蛇亦聚于薮泽。其昆虫以家蚕、野蚕、蜡虫、蜜蜂为最有用。余则螳螂、蝴蝶、蜻蜓、虾蟆、蜗牛、蜘蛛、蜥蜴、蚯蚓、蜈蚣皆有。蚊则白戟为害，蝱尚少。惟夏日蝇颇多耳。他若东珠、宝石、玛瑙、水晶、松花玉、绿端石之产于水，金、银、铜、铁、锡、铅、石炭、火玉、琥珀、碱硝之产于山。地不爱宝，采之不穷，尤非他省所能及。其人工所造者，以布、帛、绳、纸为多。绸缎绫罗学制初成，尚不甚精致。各工厂所成木器、漆器、皮靴、皮鞋、军衣、军刀、手巾、手套、桌罩、门帘、皆颇有成绩。其酒食之入市者，亦正不乏。今各纪二三以例其余。若以天然之产加以人力，更得大资本家以财力济之，则凡农林工矿、渔猎畜牧诸实业，不难与全球竞胜矣，讵不美哉。参考通志，官私各报。

宋瓦真堪作砚铭，临池经好写黄庭。

会昌一丈松风石，树影凉生绿玉屏。

松花江，金史作宋瓦江，产松花玉，色净绿，细腻温润，可中砚材，发墨与端溪同品，在歙阬之右。唐武宗会昌元年，扶余国贡松风石，方一丈，莹澈如玉，其中有树形若古松偃盖，飒飒焉而凉飙生于其间。盛夏置诸殿内，稍秋风飔飔即令撤去。

光大圆匀五色珠，媚川应月瑞潜符。

有时啄蚌藏鹅嗉，傻鹘冲霄击得无。

东珠出混同江及乌拉、宁古塔诸河中，匀圆莹白，大可半寸，小者亦如菽颗。王公等冠顶饰之，以多少分等秩。采珠者乃打牲乌拉包衣下食粮人户，合数人为一起谓之珠轩。以四月乘舟往，八月回，以所得之珠纳之于官。北盟汇编：每八月望，月色如昼，则珠必大熟。又有天鹅能食蚌，则珠藏其嗉。有俊鹘号海东青者，能击天鹅。人既以鹘而得天鹅，则于其嗉得珠焉，宁古塔纪略：旧城临河，河内多蚌蛤，出东珠极多，重有二三钱者，有粉红、天青及白色。有儿童浴于河，得一蚌，剖之有大珠径寸，藏之归。是夕大风雨，为龙攫去。

<br>

天然矿产五金推，杞梓梗枡大厦材。
火玉水晶红宝石，遍山炭质蕴层煤。

吉省矿产素富，兹据民立报载调查矿产，计煤矿：吉林府柳树河子、高家烧锅、喇叭、蛟河半截河子、歪石折子、泥球沟子、滥泥沟子、锅盔顶子、半拉窝鸡、缸窑口前、乃子山、衫松屯、长岭子、台子沟、火石岭、苇子沟、分水岭、通气沟、荒山子、石碑岭，桦甸县二道河子、公郎头、弦子沟，延吉府老头沟、头道沟、凉水泉子、东关、河嘴子。稽查处。宾州府西乌吉密、高力帽山、大青山、宁古塔绥芬厅、佛爷沟、滴道山、大乌烧沟、依兰府巴兰州、汤旺河沟、长春府陶家屯、小河台、大顶、四道沟，五常府缸窑、林水、曲柳冈、太平沟、老山头、双阳山、伊通州沙河子、放牛沟、四台子、四角山、磨砺青、半拉山门、映壁折子。磐石县呼兰川。计金矿：吉林府样沟子、三道霍伦、八道河、辉发河、古洞河、太沙河、二道沟、木奇河、桦树林、夹皮沟、南山、半拉山门、窝瓜地、当石河、扇车山、驼佛别、墙缝等处，绥芬厅凉水泉、五虎林、黄泥河、黄鹿沟、小金山、马家大营，牡丹江岸小绥芬，延吉厅东西三道沟、七八道沟、柳树河、洒金沟、西北岔、青沟、蜂蜜沟，依兰府三道河子、楸皮沟、桦皮沟、太平沟、石门子、黑背、南线、毛杨林冈，宾州府乌吉密、一面坡、黑龙宫。计银矿：吉林府柳树河、呼隆川，延吉厅天宝山，依兰府桦子山。计铜矿：磐石县富太河、朝面山、石嘴。计铁矿：吉林府牛头山、大猪圈。磐石县映壁折子。珲春厅稽查处。计铅锑铋矿：珲春厅，吉林府呼兰川、滥泥沟、大尖山等处。计水晶矿：吉林府西石折子、石道河、帽儿山等处。统共煤矿四十五处，金矿四十五处，银矿五处，铜矿三处，铁矿五处，铅锑铋矿三处，水晶矿三处。统总计一百十有八处。其森林尤盛，除大白山千余里仍封禁外，余亦不可胜用。火玉，唐时扶余国以之入贡。又河内、有红宝石玛瑙、水晶之属。

<br>

燕饮芳辰入醉乡，郁金佳酿九霞觞。
何如领取澄明酒，花气薰蒸骨节香。

杜阳杂编：唐时扶余国贡火玉，色赤，长半寸，上尖下圆，光照数十步，积之可以燃鼎。才人常用煎澄明酒，其酒亦异方所贡也。色紫如膏，饮之令人骨香。

<br>

糕名飞石黑阿峰，味腻如脂色若琼。
香洁定知神受飨，珍同金菊与芙蓉。

满州跳神祭品有飞石黑阿峰。飞石黑阿峰者，黏谷米糕也，色黄如玉米，味腻如脂，掺以豆粉，蘸以蜂蜜，颇香洁。跳毕，以此遍馈邻里亲族。又金菊、芙蓉，皆糕名。

稌粱色白黍穈黄，木碗盛来稗子香。

旱稻易生殊水稻，愿分佳种到徐扬。

稻一名稌，有水旱二种，南方下湿宜水稻，北方泽土宜旱稻。其种来自奉天，近则种者甚多，惟出伊通河一带者为佳，粒长、色白，俗呼本地西西，鲜双声，盖谓鲜云。南方如徐扬等郡，山田常苦旱，似亦宜种旱稻。粱说文：禾米也。吉省有白粱、黄粱、高粱诸种。黍禾属而黏者也，其不黏者曰穈。穈黄，黍也，宁古塔用以作饧、酿酒、打羔，甚为精美。稗，广韵：似谷而实细。吉省名希福百勒塞，米圆，白如珠。宁古塔以稗子为贵，非富贵家不可得，列入贡品中。

鸡腿蘑菇味最佳，塔城篱下寄生涯。

可怜一卷秋笳集，写出才人远戍怀。

吴江吴汉槎孝廉兆骞，以顺治十五年流宁古塔二十余载，康熙辛酉赦回，著有秋笳集，其子振臣著有宁古塔纪略。〔见吉长报〕宁古者，国语六；塔谓古。相传有老人生六子，故以名其地。杨宾柳边纪略云：蘑菇有数种，然个莫大于猴头，味莫鲜于鸡腿。往吴汉槎还，病且死谓余曰，宁古塔所居篱下产蘑菇，今思此作汤，何可得。余窃笑之，以为所在皆有。及余省觐东行，乃知宁古塔蘑菇为中土所无，而汉槎旧居篱下所产，又宁古塔所无者。按，生于榆者为榆蘑，生于榛者为榛蘑，即古所谓树鸡也。又有冻青、粉子、银盘、蒿子、扣子、羊肚、松花、对子、花脸、刺蘑、白蘑、黄蘑等名。

云豆名呼六月鲜，吉洋菜似小儿拳。

黄芽白秆秋菘美，塞上园蔬一例编。

云豆俗呼六月鲜，又海外白云豆角，长尺余，子如猪腰形。蕨茎，色青紫，末如小儿拳，俗名吉祥菜。菘，俗呼白菜，肥厚嫩黄者为黄芽白，窄茎者为箭秆白，近有外洋白菜，最肥大，叶深青色，脆美无滓。

蓝雀花如金雀花，翔风误作凤仙夸。

登高醉把茱萸看，翼尾身心差不差。

金雀花，形如小雀，黄色。蓝雀花，其花如雀，有身，有翼，有尾，有黄心如两目，或云即茱萸花。

毓秀钟灵药品殊，色分红白贡皇都。

人形参胜高丽产，不数千年何首乌。

春秋运斗枢：瑶光散而为人参。一统志：吉林乌拉诸山中产焉。扈从日录：春中生苗，多在深山背阴椵漆树下润湿处。初生小者三四寸许，一丫五叶，四五年后两丫五叶，至十年后生

82

三丫，年深者生四丫，各五叶，中心生一茎，俗名百尺杵。三四月开花，细小如粟，蕊如丝，紫白色。秋后结子，或七八枚，如大豆。生青，熟红自落。宁古塔纪略：人参草本，方梗对节，节生叶，似秋海棠；生深山草丛中，较他草高尺许。生者色白，蒸熟辄带红色。红而明亮者，精神足，为第一等。今医家俱以白色者为贵，大谬。枝重一两以上则价倍，枝重一斤以上则价十倍，成人形者无定价。产参之地设官，督丁每岁以时搜采，俱有定所、定额，核其多寡而赏罚之，或特遣大员监督，甚重其事。又有以秧种者，须俟六七十年后取之方佳。按，何首乌，千年亦成人形。

草履嫌坚挞草填，细如丝线软如绵。
性温若使为衣絮，利用功居吉贝前。

宁古塔纪略：乌拉草出近水处，细长，温软，用以絮皮鞋内，虽行冰雪，足不知冷。谚云：吉林三样宝，人参、貂皮、乌拉草。柳边纪略：护腊、草履也。絮毛子草于中，可御寒。毛子草细若线，三棱，微有刺，生淀子中，拔之颇触手，以木椎数十下，则软如绵矣。扈从日录：馘佗姑儿哈非，乌拉草也，塞外多石碛，复易沮洳，不可履。缝革为履，名乌喇。乌喇坚，足不可裹，有草柔细如丝，摘而挞之实其中，草无名，因用以名。按乌拉草，若以带青者，除织桌席床席外，并织成垫褥。枕头以草之挞过，柔软者实之，价廉工省，较台湾之番席更为过之，似可为此间增一出产。

树碧花红映晓暾，上京门外觉罗村。
杨梅橄榄樱桃似，佳果累累画谱存。

宁古塔石壁临江，石壁之上别有一朗冈即塔城，一百里至沙岭第一站，有金之上京，东门外三里有村名觉罗，即我朝发祥地。至东而北而西，俱平原旷野，榛林玫瑰一望无际。五月，玫瑰花开，色红而香，可制为糖。有果名依而哈目克，形似小杨梅而无核，味绝佳，草本红藤，生杂草中。又有果名乌绿栗，似橄榄，绿皮小核，味甘而鲜。又有果名欧李子，味甘而酸。俱木本小树。

灵枝生树瑞骈臻，万木星罗拱北辰。
体具八端枝十二，叶茎各异胜庄椿。

皇朝通考：瑞树产长白山，自顶至根合十余丈，大数百围，上分十二大枝，茎叶各异，具松、桧、白杨、遮勒穆期、紫桦、白桦、密克特、白榆八种，且生灵芝其上，万木环卫如星拱北辰。非大椿八千岁为春秋者所可比伦。纯庙题有七言古诗。

干直枝齐九丈高，诏封神木主恩叨。

春秋日共龙潭祭，岁旱都能作雨膏。

尼什哈山在省城东十二里，山周十里，高三百步，一名龙潭山。曰尼什哈者，国语谓小鱼也。山之东北有河出小鱼，山因以名。四面陡壁，西北有车道，盘旋而上至其颠。杂树交荫，希见太阳景。南行百余步，路旁有小池，石砌，相传谓鲫鱼池。北有龙潭，周五十余步，水色深碧，雨不溢，旱不减，周围山高林密，遮幕水面，望之寂然。以绳系石投之，数十丈未得其底。潭西南有二石穴，外狭内阔，伏而入，才可容身，无敢深入者，探之黑暗有风。又东南林内，有桦木一株，高九丈余，围二尺，上下标直，枝叶剪齐。乾隆十九年高宗东巡封为神树。春秋二仲月与龙潭同日祭之。凡大吏祈雨晴，皆在是。

朽木中宵自放光，安春香共竹根香。
明开夜合金银柳，奇树蟠根聚一方。

塞北小钞：夜光木积岁而朽，月黑有光，遇雨益明。移置室内，通体皆明，白如莹火，迫之可以烛物。以素瓷贮水投之，火光澄澈，殆夜光苔放光木之类欤。吉林外纪：香树茎直，丛生，近山崖者有节，名竹根香。又安春香，生山崖洁净处，高一尺许，叶似柳叶而小，味香，长白山所产尤异，均可供祭祀之用。盛京通志：明开夜合木，一名金银柳，结子如花，至冬不凋，木理细润。

辽金衅起海东青，玉爪名鹰贡久停。
盛世珍禽原不贵，每罗纯白献天廷。

宋史：辽主每岁遣使，市名鹰海东青于海上，道出生女真。使者贪纵，征索无艺，女真厌苦之，稍拒市鹰使者，因起兵叛辽。柳边纪略：辽以东皆产鹰，而宁古塔尤多。设鹰把势十八名，每年十月后，即打鹰，总以得海东青为主。海东青者，鹰品之最贵者也。纯白为上，而杂他毛者次之，灰色者又次之。既得，尽十一月即止；不得，则更打至十二月二十日；不得，不复更打矣。得海东青后，杂他鹰遣官送内务府，或朝廷遣大臣自取之。送鹰后，得海东青，满汉人不敢畜，必进梅勒章京。若色纯白，梅勒章京亦不敢畜，必送内务府。凡鹰生山谷林樾间，率有常处。打鹰者以物为记，岁岁往，无不遇。视其出入之所，系长绳，张大网，昼夜伏草莽中伺之，人不得行，行则惊去。按，海东青，羽族之最鸷者，身小而健，其飞极高，一日飞二千里，能擒天鹅，搏兔亦俊。凡鹰、鹘、雕、鹗皆有窠巢，多缘峭壁为之，人不能上。惟海东青从未见其巢。辍耕录载演雅言：海东青，羽中虎也。燕能制之，群集缘扑即坠。以小制大，物性往往如此。亦犹黄腰啖虎之类也。辽有头鹅宴，其天鹅亦由海东青击取。

雕翅如轮击力强，火眸铁爪喙钩长。
飓风便有凌云志，能逐鹰鹘捕鹿獐。

盛京通志：雕似鹰而大，色黑，出宁古塔诸山。其品不一：上等色黑者曰皂雕，有花纹者曰虎斑雕，黑白相间者曰接白雕，小而花者曰芝麻雕。羽宜箭翎。雕之最大者，能捕獐鹿。宁古塔纪略：雕极大而多，但用其翎毛为箭。黑斤富者，则以雕翎盖屋。随銮纪恩云：雕状如鹰而大倍之，翅若车轮，爪同锋刃，双眸喷火，长喙反钩，飚风有凌云之志，鸷鸟之雄也。按雕翎入贡以饰箭，京都贵人，士大夫用以作扇，价颇昂贵。

草烟薰穴网金貂，衣制轻裘侍早朝。
着水不濡风更暖，雪花点上自然消。

扈从日录：貂鼠一名松鼠，喜食松子，在深山松林中，其窟或土穴或树孔。捕者先设网穴口，后以草刍烧烟薰之，貂畏烟出奔，即入网。柳边纪略：又有纵犬守穴口，伺其出而啮之者。紫黑色，毛平而理者为上 紫黑而理密者次之，紫黑而疏，与毛平而黄者又次之，白斯为下。貂与大狐等每皮价四五钱，拔枪毛为帽，脊背曰镶草，腚曰坐草，腹曰拉草。镶草，绀色，上也。坐草，黄色，中也。拉草，灰色，下也。为被褥则不拔枪毛。枪毛即锐长而黄黑色者，出鱼皮国者佳。岁至宁古塔交易二万余，而贡貂不与焉。本草：貂鼠大如獭，尾粗，毛深寸许，用皮为裘帽，风领，寒月服之。得风更暖，著水不濡，点雪即消，亦奇物也。

海龙江獭作裘温，土豹还披猞猁狲。
何似野人殷献曝，扶桑日出射天门。

柳边纪略：海龙皮长三四尺，阔二尺许，毛视海豹稍长，纯灰色。江獭出混同诸江，江猪形似狗而小，长尾，色青黑，亦有色白者，可为裘领。盛京通志：猞猁狲即土豹，类野猫而大。耳有长毫，白花色，小者曰乌伦。事物绀珠：猞猁狲黄黑色，其皮可裘，出女直。

鹿麋夏五各成茸，产自关东瑞所钟。
角解仲冬原是麈，万畿清暇辨从容。

高宗御制诗注：长白山崇地冷，鹿以夏月山中避炎，至秋冬乃成群就暖，向盛京围场而来。月令谓：仲春鹿角解，仲冬麋角解。今试之，则木兰之鹿与吉林之麋无不解角于五月，已知月令之讹。后见南苑所育之麈，实于冬至始解角。盖古人不辨麋与麈耳。经文不可易，因改正。灵台时宪，并为鹿角解说，以订其误。

鱼皮柔共兽皮夸，五色相鲜映日华。
裁作衣裳为袜线，天留文锦与渔家。

盛京通志：达发哈鱼，宁古塔、三姓、珲春诸江河有之，秋八月自海逆水入江，驱之不去，充积甚厚，腹中子大如玉蜀黍。取鱼晒干，积之为粮。土人竟有履鱼背渡者。扈从附录：又名打不害，肉疏而皮厚，长数尺。每春涨，溯乌龙江而上，入山溪间。乌稽人取其肉为脯，裁其皮为衣，无冬无夏袭焉。日光映之，五色若文锦。柳边纪略：大发哈鱼一作打发哈，子若梧桐子，色正红，啖之鲜水耳。其皮色淡黄，若文锦，可为衣裳，及为履，为袜，为线，本产阿机。喀喇走山及宁古塔之贫者，多服用之。按，乌稽达子一名鱼皮达子。以鱼皮为衣，柔软可染。今虎林厅、饶河县一带，以达发哈鱼岁销与俄，为出口货之一大宗。

秦王最大列天筵，鲋鳇鲻鲭等小鲜。
敲冻不妨探水底，叉鱼夜火烛冰天。

鲟鳇鱼，金史作秦王，西阳杂俎作秦皇，巨口细睛，鼻端有角，长丈许至数丈，重三百斤至千余斤。鲟辽名色里麻鱼，鳇即鳣，肉白脂黄，辽名阿八儿鱼，今出混同江，鼻端有须，口近颔下，虽鳞色不同而形体相类，故统呼鲟鳇，又名阿金鱼，此鱼今入贡。鲋即鲫鱼，大者重至三斤，鲜美不可名状。白鱼，尔雅：鳡。吉林产者最佳，珍为美品。鲻状如青鱼，身圆，俗呼柳根。鲭、青鱼，亦作鲭鱼，以色名也，宁古塔最多。吉林滨江各处冬时河水尽冻，厚四五尺，夜间凿一隙，以火照之，鱼辄聚于一处，以铁叉叉之，必得大鱼。今吉省诸河冰鱼最著，尤以白鱼为最美。渔者于江旁各作池，夏秋所得，畜诸池内，入冬凿取，出水即冰，官斯土者市之，远饷京师，其味之鲜若新取诸网。

人鱼形状似狝猴，东海骑鲸更钓牛，
七里性同乌互路，蛾儿飞出入江流。

鲵即人鱼，似鲇，四脚，前似狝猴，后似狗，声如小儿啼，即东海之鳀。魏武帝四时食制：东海有大鱼如山，长五六里，谓之鲸鲵。曹廷杰日记：东北海口有大鱼，长二三丈，大一二围，头有孔，如江豚涉波，孔中喷水高数丈，訇然有声，可闻数里。黑斤、济勒弥通呼为麻勒特鱼，每于水浪大作时，乘舟持叉蹢捕，鱼出水即以叉掷之。叉尾系长绳，俟鱼力困惫，牵至江沿出之。牛鱼状似鲔，头略似牛。契丹主滔尔河钓牛鱼以占岁，混同江、虎儿哈河皆有之。或云即鲟鳇，是一是二，存以参考。曹廷杰日记：乌互路鱼，七里性鱼，皆逆海入混同江。黑斤、济勒弥人不知岁月，皆以江蛾飞时为捕鱼之候，江面花蛾变白蛾，时值五月。乌互路鱼入江，青蛾初飞，时值六月。七里性鱼入江，其至也，三四联贯逆流而上，轰波喷浪，势甚汹汹，鱼日行可六七百里。黑斤人于江边水深数尺处多置木桩，横截江流，长二三丈或四五丈，亦有作方城形，虚一面无桩，名曰闷横，平置水下，下系以袋网，次日操小舟取之，每一闷横可得鱼数千斤。

石溪水浅乐依蒲，二寸嘉鱼号蜊蛄。
形似蟹虾螯甲异，奇名哈食马拉姑。

扈从日录：哈食马拉姑，水族也，似虾有螯，似蟹无甲，长寸许，产溪间。盛京通志：蜊蛄，蟹身鱼尾，泽畔石下有之。绝域纪略：剌姑鱼，身如虾，两螯如蟹，大可盈寸，捣之成膏。宁古塔纪略：生于江边浅水处石子下，上半身似蟹，下半截似虾，长二三寸，亦鲜美可食。盖一物而纪者，称名微有不同耳。

　　　　　郭索笺螯若舞戈，珲春巨蟹本殊科。
　　　　　花纹可似金钱豹，圆径量来二尺多。
　　吉省地多寒，而珲春较暖，海蟹颇大而腥，有虎皮、金钱诸名。其大者，圆径可二尺余。江蟹至秋，味腴、红色，大如碗。

　　　　　蚊少蝇多塞外同，蝶如掌大舞回风。
　　　　　蚕丝蜂蜜虫成蜡，利济民生造化工。
　　窝稽蚊虻白蛾之类，攒咂人马，幸尚少，惟夏日苍蝇较多，为可厌耳。山中蝶大如掌，彩色斑斓，子即山蚕也。山蚕一名樗茧，放之榆柞及蒿柳等树，春秋收茧，练丝为紬。又有绿茧，多生杏条上，箭扣用之。宁古塔初不知养蜜蜂，有樵采者于枯树中得蜂窠，已酿成蜜。汉人教以煎熬之法，地始有蜜。今吉省有白蜂蜜、蜜脾、蜜尖，贵家购以佐食。唐宋以前所用蜡皆蜜蜡，其虫白蜡。自元以来人始知之，虫大如虱，芒种后则延缘树枝食汁，吐涎，粘于嫩茎，化为白脂，乃结成蜡，状如凝霜。处暑后，则剥取，谓之蜡渣，刮其渣，炼化，滤净，凝成块即为蜡。吉省黄白蜡皆产。汉人燃蜡烛，满人亦渐效之。以上物产，参考历史、通志、邸抄、官私各报。

# 杂　俎

　　谨案：通志有志余一门，以书成，得事与言之无可比属者，仿临安志纪遗之例，缀诸简末。今殿以杂俎，亦志余之意云尔。

　　　　　白傅佳篇易一金，香山诗价重鸡林。
　　　　　如何帝陛赓歌后，寂寂卷阿未矢音。
　　唐书白居易传，鸡林贾人求市其诗集颇切，自云本国宰相每以一金换一篇，其伪者，宰相辄能辨别之。高宗御制吉林览古诗，亦及其事。注，鸡林，即今吉林。

　　　　　初设民官顾最良，明刑弼教并巡方。
　　　　　鸿泥迹往蜂衙改，留得名题敬简堂。
　　吉林分巡道署在会城东隅通天街。光绪九年，兼按察使衔分巡道吴县顾公肇熙建二堂，额曰敬简堂。有题名记，略曰：国家龙兴兹土，入关定鼎。凡守土之官，多仍前明之旧，吉林亦尝设州县矣。未几，改罢为理事同知通判。迨光绪七八年间，始次第设地方官，比诸行省。府一曰吉林，厅五曰伯都讷，曰宾州，曰五常，曰长春，曰双城。州一曰伊通。县一曰敦化。而以分巡道辖之。肇熙适承乏首为此官，职在考察群吏政教之宜民与否，课其殿最，于镇守将军而进退之。地方千数百里，民风土俗不齐。府厅州县之官，宽猛张弛，或异其用，苟非因地因人，随时随事，以审其宜，则是非毁誉，易致淆乱。立一法，本为兴利也，而斯民或承其弊，后之人追议其失，必曰自某某始，讵非官斯土者之羞乎。夫今之巡道，犹唐之观察使也。唐时，每患观察使赋税苛急，使刺史县令不得其职，不安其官。今吉林以邰邻旧封，赋税轻于各行省数倍、十数倍不等，有司无苛急之患，而泽犹不逮于民，无乃察史之法有未至欤。然如吕叔简氏所谓中怯外柔者，固肇熙所悬为大戒者也。耳目或有所未周，思虑或有所未及，要不敢不推诚心，布公道，疏节阔目，俾有司得优游敷布，抚循斯民，以仰副圣天子图治建官之意，斯则肇熙之迂疏，后之君子宜有曲原之者。识之于石，亦时以自勉焉尔。按，顾公于光绪八年莅任，在任三年，时铭将军奏设郡县，承流宣化，多所建树。又拨荒田八千垧于书院义塾。记中推诚布公数语，实能行践其言。旋升台湾布政使以去。今改行省后，四路道各任分巡，省会巡道缺，已裁其署，亦改为民政司署因纪其原委于此。

北狩重迁五国城，徽钦无复望銮迎。
剧怜金碗鱼盆献，石晋黄龙共此情。

圣武记：三姓城在宁古塔东北，五国城在焉，即肃慎故址。宁古塔而东三百里有依问哈喇土城，即五国城故地。啸亭杂录：五国城古称五国头城，以地据五国总路之首得名，后世沿讹，但云五国城。五国者，满洲源流考：据辽营卫志译作博和里国、博诺国、鄂罗木国、伊坦图国、伊鞍希国，设节度使领之，属黄龙府。遗址今在何所无所考。乾隆中，副都统绰克托筑伯都讷城，掘得宋徽宗所画鹰轴，用紫檀匣盛，瘗千余年，墨迹如新。又获古瓷数十件，并得碑碣录徽宗晚年日记云：于天会十三年寄迹于此。又金史天会六年，徙昏德公、重昏侯于韩州，八年徙瑚尔哈路。查韩州为金北面城，瑚尔哈路即今三姓南一百七十里小巴彦苏苏。春渚纪闻：晋出帝既迁黄龙府，辽主新立，召与相见，帝因以金碗、鱼盆为献。金碗半犹是瓷，云是唐明皇令道士叶法静治化金药成，点瓷碗试之者。鱼盆则一木素盆也，方圆二尺，中有木纹，成二鱼状，鳞鬣毕具，长五寸许，若贮水用，则双鱼隐然涌起，顷之遂成真鱼，覆水则宛然木纹之鱼也。辽史：太祖平渤海，次扶余城有黄龙见于城上，更名黄龙府，为今之农安县等处地方。

土黑翻疑劫后灰，秋坟唱出有余哀。
边庭谁与题碑碣，二圣三灵共一坏。

东三省舆地图说载曹廷杰二圣墓说：宁古塔西南沙兰站驿路旁有大冢，俗呼二圣墓，向疑为宋二圣所葬之处。然考宋史，建炎元年四月，金人以二帝北去，由滑州至燕山，馆于延寿寺，十一月迁于霅部。二年八月，命二帝赴上京见金主于乾元殿，徙之韩州。四年七月，徙二帝于五国城。逾月，太上皇后郑氏崩。绍兴五年，上皇卒于五国城，年五十四，遗言欲归葬内地，金主竟不许。九年七月，皇后邢氏崩于五国城，十二年春二月，金主以何铸、曹勋之请，许归徽宗及郑后、邢后之丧与帝母韦氏。八月，至临安，十月，攒三丧于会稽永固陵。二十六年六月，靖康帝卒于金。乾道七年三月，金葬钦宗于巩洛之原。是徽宗之丧明已归宋，惟钦宗葬金巩洛之原，不知何地，故未敢断。旋检图书集成坤舆典第一百三十二陵寝纪事，辍耕录载至元二十二年乙酉八月，杨髡发陵之事，十一月，复发徽钦高孝光五帝陵。初，徽钦葬五国城，数遣使乞请于金人欲归梓宫，凡六七年而后许以梓宫还存，高宗亲至临平奉迎，礼官请用安陵故事，梓宫入境，即承之以椁，仍纳衮冕翠衣于椁中，不改敛。从之。至此，被发掘徽钦二陵，皆空无一物。徽陵有朽木一段，钦陵有木灯檠一枚而已。二帝遗骸固浮沈沙漠，初未尝还也。乃知向疑二圣墓即二帝所葬之处者，可以征信不疑。光绪十一年，游俄界由珲春至吉林，道经张广材岭，即塞齐窝稽岭，东极峻有道盘旋而上，宽约二丈余。驮夫告余曰：此道开辟最久，金人令宋人修治，以奔丧者。余详视形迹，默识于心，以宋史二圣既已南归，又有此道为奔丧之路，则沙兰道旁之二圣墓岂当日厝葬之处，相沿而传至今。与兹阅辍耕录载发陵之事，则二圣墓实即徽钦二圣之葬处，其当日所归之椁，盖空椁耳。然则沙兰二圣墓亦当即即巩洛之原，其处距鄂多哩城不过四五百里，实隶我朝发祥之内，特志于此，以俟博雅君子考订焉。又塔城西南七十余里，有三灵坟，形如三冢相并，据父老传闻系渤海建国时后妃公主之墓，而讹为金女主墓云。

十五年光递冷山，牧羊苏武竟生还。
忠宣遗迹逢人访，额木舒兰指顾间。

曹廷杰冷山考：宋史洪皓使金，金人流递冷山十五年。方舆纪要谓：山在故黄龙府北。松漠纪闻：宁江州去冷山百七十里。又有谓：冷山距会宁二百里者。以地望诊之，黄龙府为今之农安城，宁江州为今之乌拉城，会宁府为今之阿什河白城，则冷山应在今五常厅山河屯巡检地方界内，北至白城约二百里，西南至乌拉城约百七八十里，又西南则农安城也。又扈从日录：额木索赫罗站东北二百余里为冷山，自必尔罕必喇北望相去约数十里，积素凝寒高出众山之上，土人呼为白山，以其冬夏皆雪也。松漠纪闻：冷山去金都二百余里，去宁江州百七十。查额木索罗即今张广材岭，岭东之额木索罗站现改额穆县治之处。金都即阿什河南之白城，国语呼为珊延和屯。宁江州即之乌拉街。据三处地望诊之，则今五常府东南，舒兰县正东，额穆县正北之高山大岭，若土门子、青顶子、九十九顶子、四合川、合伦川一带地方，周约千余里，确为冷山无疑。洪忠宣公处此十五年，曾以桦皮肄书，且与陈王府邻，穴处者约百余家。

点将台高映夕阳，城留乌拉阅沧桑。
百花公主今何在，树影犹疑艳帜张。

阳湖谈小莲塞北丛谈：吉林之乌拉街有土城，城内有台，高八尺，围百步，相传为百花公主点将台。百花公主为何人，渺不可考。余曾倩友人录其碑记，文词芜陋，卒莫知其所自。考之旧史，乌拉昔为一国，与满洲国对峙。本朝龙兴时，始举族归顺。所谓百花公主者，盖亦有之。

合邦日已并三韩，海国唇亡懔齿寒。
箕子遗封同守府，空留贡道认江干。

宣统二年夏秋间，日韩合邦，吉省壤地相连，对付更宜留意，往时朝鲜入贡，由义州渡海取道奉省之凤凰城北上。

先正虔薰一瓣香，春秋佳日聚官商。
辽东亦有三江水，权把他乡作故乡。

吉省三江会馆，在东门内，临江面山，风景与第一楼埒。光绪十八年，今黑龙江提法司秋公桐豫与今伊通直隶州汪公士仁等募捐倡建，为浙江、江西、江苏、安徽、三江官商聚会之所，春秋两大会，议商一切。并有义园义地，以安旅榇。馆祀王阳明，文信国、范文正、朱文公诸先正于一龛，从乡望也。

花卉翎毛绣服间，扈从春水与秋山。
顶珠腰玉今犹昔，女直衣冠制未删。

金人胸臆肩袖饰以金绣。其从春水之服，则多鹘捕鹅，杂花卉之饰；从秋山之服。则以熊罴山林为文，均若今之花衣。补服于方顶循十字缝，饰以珠，其中贯以大者谓之顶珠。束带曰陶罕，玉为上，金次之。即今宝石珊瑚各项戴与金玉带之制。

金俗仍然尚白朝，道家装束裹消遥。
铁圈绣帛单裙罩，却似西人爱细腰。

金俗尚白，妇人衣大白袄子，下如男子道服，头裹消遥巾。裳曰锦裙，去左右各阙二尺许以铁条为圈，裹以绣帛，上以单裙笼之，与今之八旗衣服不同。却似西洋妇女之饰。

高髻莲台新嫁娘，领巾手帕绣袍长。
出关北地燕支艳，学得旗妆卸汉妆。

关外妇女多作满妆。

牌子书完档子穿，案房不虑绝韦编。
豁山制出挥毫便，削简追思写木前。

边外文字多书于木，往来传递者曰牌子。以削木片若牌故也。存贮年久者曰档案，曰档子，以积累多贯皮条挂壁若档故也。然今之书于纸者，亦呼为牌子，档子矣。夏秋间土人捣败絮入水沤之，成氄，沥芦帘，匀暴为纸，坚韧如韦，谓之豁山。

　　慈善权舆纪石熊，捐田舍宅古人风。
　　从来公益心推墨，寿妇居然暗与同。

吉林外纪：会城内雍正年间有寿妇石熊氏，年九十余，好善乐施，无子嗣，将住宅改为功德院。遇冬，贫民老幼废疾无衣食者，往院依归。晚间热炕，日饲粥饭。至四月朔止，寿至百龄。生前将家有良田尽施于院，招德行僧经管，永远奉行。迨氏身后，民感其德，于院内殿之西隅另建一间，塑像奉事香火，相沿至今。冬间贫民赴官署挂号，送院收养。

　　江干石壁夜光初，径寸明珠寄大鱼。
　　烹熟偶从头里得，防风有骨共专车。

宁古塔纪略：江之南有索儿河溪噶什哈必儿汗，此处水极深，上有崇岸插天，其地背阴，日光不到，亭午亦不甚明爽，然一至夜，转有光照石壁，皆红，土人甚异之。一日，渔人捕一青鱼，大盈车，载以入城。江右徐定生以青布一匹易之，先取鱼首煮之，既熟，剖得红色珠如弹丸，红光犹寸许，鬻之得百金。转贾京师，得二千金，此后石壁遂昏黑无光。

　　下濑轻舟镜泊过，牡丹江上鹧鸪歌。
　　味甘色白人参水，精力能增饮此河。

敦化县境有虎尔哈河，即镜泊下流，今称牡丹江，阔二十丈，其水色白，味甘，饮之益人精力。又北盟汇编：其歌则有鹧鸪之曲，但高下长短，鹧鸪二声而已。

　　肆筵珍错萃东方，熊掌鱼唇俊味尝。
　　哈什蟆油添食谱，蟾蜍照影月之光。

吉省山珍海错极多，熊掌、鱼唇常以之燕客。又山哈多伏岩中，似虾蟆而大腹，名哈什蟆。俗传此物饮参水，食参苗，取其油以作羹，于养生有益，曝干寄馈远方，颇为珍异。

　　莫谓鸡林少竹枝，才人塞上补新词。
　　雪痕嗣响秋笳集，珍重归装数卷诗。

吉林向少竹枝词，番禺沈南雅、江都吴梦兰两君，博雅士也。见余有记事诗之作，亦访求此间风俗，征题竹枝词，不足则拟补成之，并将数月以来与新会中丞暨同人唱酬各什，会刊塞上雪痕集。又搜罗关外诗词，选入所创京师国学萃编社之湖海同声集内。当世如两君之怜才爱士，提倡风雅，亦足多矣。

万古舆图不改方，白山黑水试参详。
欲将地理重刊误，奢愿同存未易偿。

曹彝卿观察精于舆地之学，当吉林通志初成，阅舆地一门未竟，已指出讹错处二百余条。近见余所注纪事诗搜罗尚富，拟约同修吉林地理刊误一书，然事冗费细，此愿正未易偿也。

百万开先筹巨款，五条善后澹奇灾。
改良建筑参新法，保彼东方仗吏才。

民立报，本年六月朔，载总督赵次帅对于吉省大灾深切鏊念，已筹款百万两，札委粮饷局王观察基本为工程总办，翁大令巩为工程总委员，酌修官署、民房以复旧观。又派奉天民政司张贞午司使元使赴吉调查灾情，襄办善后，闻会议草成办法五条：一、开凿城濠以泄街沟之水；〔因建造马路必浚街沟，若沟水入江有碍通城饮料，故另开濠以畅沟流。〕二、建筑跨街风火墙。略仿南中办法，每隔商店五十家或百家辄造一墙，墙之高度必出街屋之上，中辟为门以通行人。墙顶平砌面以三尺为度。三、修沿岸江堤，此次火灾，即由西门延烧，缘江沿架木为岸致遗火四燃。前年大水，抚帅即拟着手此事，以防水患，今哈埠亦已筑堤，吉省宜仿此办理。四、设劝业场，必择城市中心点，宜先觅定基址。五、改宽街屋丈尺。将已绘之图，再切实覆勘，通盘筹画，以便营造。等因。窃谓除多建砖瓦屋外，应造楼房，开窗通空气，地低者填高，并酌留空旷地方，尤不可任其搭盖芦席、矮屋。若限于地方，则东北西三门可以扩充，对岸江南亦可经营，不独能辟水火之灾，于卫生亦极有益。不致常有时疫。此诗与民政项下消防一首参看。

益智无形阅报功，编成白话启颛蒙。
通衢贴遍凭人览，读法悬书古意同。

东西各国以地方阅报之多寡为人民进化之深浅。吉林省会有自治日报附白话一种，取便儿童妇女及文义粗浅之人，现改为旬报。长春有吉长日报，现仍迁还吉林，搜罗尚广。此二报由官提倡而归商民自办者也。此间通衢遍贴报纸，立法殊善，若再加精细画报，则瞆人更易。哈尔滨俄人开设远东报馆，其报纸亦可以资参考。以上杂俎，参考历史、通志、官私各报。

# 卷末

## 后　序

余等同怀兄弟五人，姊二人，一适会稽吴松舟赠君，一适阳湖瞿莘馨太守。钧平兄居长，祚二，祎三，祉五，其四祇，则早殇。少孤，祎、祉年最稚，尝问业于兄，一灯共读，怡怡如也。光绪三年丁丑，兄受知于学使震泽吴望云祭酒，补博士弟子员。五年己卯科乡试，中式举人。房师为鄞县董觉轩大令，座师则钱塘汪柳门、历城吴燮臣两侍郎也。以经艺进呈。时二兄祚，已改习度支，旋历膺院司聘。后数年祎与祉相继游庠食饩。母邱太夫人以余等尚能继先大夫子宜公之志，心为之慰。兄平日讲阳明致良知之学，尝曰：能以理学发为经济者，明之王文成，今之曾文正也。即王荆公之在北宋，能以学问文章施之政事，若非同朝水火，其新法必大有可观者。至墨子兼爱，摩顶放踵，利天下为之，实含有公益性质，与禹稷之饥溺关怀相近，亦讵可厚非。西人之慈善事业暗与墨合。可见大公之理，古今中外同符。故存心行事，一以忠恕为归，而出之以诚律己，和而介人，不可干以私。弱冠游诸侯之庭，以馆谷奉菽水。屡赴春官试，荐而未售。十四年戊子春，奉母讳，即无意功名。二十四年戊戌，祎以丁酉优行贡成均，祉以是科乡举，偕兄赴京应试。会试后举行大挑，兄得一等，以知县签掣江苏，到省分宁，始在发审局及陆师学堂当差。二十七年诏行新政，江南设派办处，方伯为今陕抚恩艺棠中丞，妙选贤佐，兄以课吏会获首选，坐办朱观察又为之游扬，故特蒙委任。旋吴仲峄中丞、李芗垣会督、会办徐叔和巡道、坐办朱子文观察，咸相倚重。适创办两江学务处，委兼该处文案。其坐办为张子虞观察，极形契洽。二十八年壬寅，江南补行庚子辛丑并科，主司为戴少怀尚书、黄册庵侍郎。兄奉聘调内帘同考官差，悉心校阅，本房取中孙多艺等十八人。内桐城方编修履中、石埭徐农部绍熙、京口驻防翰读延昌，皆连捷成进士。海州汪寿康、怀宁丁德，以保送举贡，考取知县。二十九年春，奉委署理甘泉县篆。甘为扬首邑，繁剧号难治，习见州县衙门有所谓门签钱漕三行家人，无官之位，有官之权，狐假虎威，最为民蠹，誓不用。改延收发友人，告期亲自收呈。遇两造同呈，比即讯结，其余案不轻准，准则随到随讯，随讯随结，立判堂谕，给阅或念与共听，当堂取结完案。在任十四个月，结案五百余起。有十年不结之案，至此一讯即结。其家庭案件，概不用刑，反覆劝谕，至有感泣者。除盗贼人命奸拐案外，从不轻押轻刑。于妇女尤为审慎，以妇女一受刑押，则于名节有关也。在任却陋规万金，广陵官场多有知之者。三十年夏，交卸。是年冬诏练陆军，江南设督练公所，分兵备、参谋、教练三处。粤东徐固卿军门，时以道员充节署文案，奉檄同今京卿朱菊尊观察创办，以总文案见委，极为推重，并引荐兼司督幕军务。兄与军门向未谋面，亦无人推毂，军门于阅制军课吏卷内物色得之，一见如故，求之近时殆不多觏。三十二年八月，继莲溪方伯传见多员，考询时政，以所对得体，次日牌示，委署东台县事。辞不获命，九月初到任。至则承扬郡放坝水灾之后，积潦犹深。前任马明府因饥民抢米店、烧学堂、打毁绅家，被撤。兹则米价愈昂，积谷项下所存钱谷，又奉文以未经大员搬查，不准擅动。穷民势将蠢动，绅商惶恐，虑蹈覆辙，诣县筹商。当即捐廉倡始，会同绅董，遍历城乡，及县境之十场，设法劝募，举办粥厂，及平粜局数十处。兼筹湘省暨淮徐海赈捐，地方幸获粄平。并请修水利、蚌蜒河隄及县志。整顿高等、初级各学堂、筹办女学堂，蒙小各学堂及公园、商会、医会、戒烟会、私塾改良会，筹添恤嫠会经费，捐建种植局，并扩充警察团防等事。在任为地方捐廉千数百元。为前任津贴数百金，悉出解囊，并不慷他人之慨。而于天主教强欲在学堂旁建堂传教，引约章据理力争，百折不回，得以磋磨作罢，尤为士民所感佩。东邑视甘邑较为易治，一如任甘时，不用三行家人，仍延收发幕友。在任八阅月，结案百余起，从无上控翻控之案。即在甘亦然。并严束书差家丁，不准需索分文，颇有以为水清无鱼，驭下过于严刻者。不收传呈而收拦舆，其所以防收发之壅闭者，亦甚。至间有罪止枷杖，新章应行折赎，及户婚田土细故，理屈者或愿罚充善举，均听其自行乐输于粥厂、平粜局、恤嫠会、种植局等处，以代罚锾，既不经手银钱，其以款缴案者，亦即备文照发。东邑民心尚知办理之持平，于案结后，遍贴颂词，赴大堂放爆焚香。或因公坐小艇赴乡，则两岸设香案以志感情。兄则视为不虞之誉，皆随时禁止。惟该邑水土颇寒，勤劳过甚，肝气大发，屡思乞假，而绅民爱恋依依不舍。兄亦以做一日之官，应尽一日之职，力疾从公，不肯稍息。自谓可免愆尤矣。不意次年四月，忽奉檄撤任。五月返省，则知端制府已附片，以纵容收发，勒索讼费奏参矣。其中缘因复杂，兄虽知之而未肯明言。大约苞苴不染，请托不行，不用三行家人，洁己奉公，便于君子而极不便于小人。向当三行者，与收发亦势不两立，匿名揭帖，谗说殄行，上台不察，致干吏议。兄言：吾于阻建教堂时，早已将功名置之度外，今一官何足惜。不过考语反对，于本心不无刺谬。且励志循良，实行不用三行家人，遵延收发幕友，大张晓谕，裁去一切陋规，如果纵容，何必多此一举。况从前三行搅权作弊，无非拖延积压滥押人犯，以遂其勒索之谋。今一扫而空，实以防微杜渐，是此心决不纵容，非惟士民所共谅，亦可质诸天地鬼神。其所称收发勒索，果系何案，何以绝无人告发，又何以见其纵容。则此数字，亦系想当然耳。峣峣者易缺，皎皎者易污，欲加之罪，何患无词。而因此去官，令人以廉吏为戒，不敢为地方兴利除弊，于吏治未免阻其进步。亦缘中国上下隔绝，下情不能上达。否则，此公乃开通之人，于我并无芥蒂，具批公牍，每每褒嘉，若询事考言，何致应举反劾，兹特为市虎弓蛇所误，从一方面着想，而不知莠言之乱政也。后郡守荣太尊、首县袁大令、邑绅夏太史进见询及，所对皆有褒无贬，不约而同。此公亦悟其冤，但不能如古名臣之自行检举耳。兄此后绝口不谈时事，以诗酒及弄孙自娱。尝有句云：汤阴三字莫须有，彭泽一官归去来。毁誉是非何处辩，闭门思过且衔杯。盖不敢辩亦不屑辩也。三十四年，祉奉差在津两处，兄始作北地之游。适张少轩军门驻扎昌图，邀往营次。宣统元年，军门卸行营翼长差，兄时请暂假在宁。二年春，因祎奉差在吉，乃复作吉省之行。颇爱此间山水，以为大似江浙风景，蒙陈简帅委充督练兵备处考功兼执法科科员。适改编成镇，军书旁午，恍若在两江差次，创办新军时也。客途及戎机之暇，得吉林纪事诗二百余首，仿益阳萧皋谟直刺西疆杂述诗，绩溪程蒲孙太史琼州杂咏诗，自注之例，每首各加笺注。非务博也，盖欲以之表扬列圣缔造经营，监国佐皇上维新布宪，与夫各大宪暨百职司之嘉猷美政，以及山川风土金石人物之焜耀大东，分门别类各纪以诗。他时修志乘者，以之作乡土志观，当不无小补。即士大夫手此一编，全省事情，运诸掌上或不致以无足重轻视之乎。至于兄诗，当世必有能论定之者，则不敢赞一词。是为序。

宣统二年仲秋谷旦 弟兆祎兆祉合词谨序。

# 跋

　　余于己酉之春来关外，偶就见闻所得，随笔纪录，名曰塞北丛谈。然事冗性懒，年余尚未盈卷也。既非著述，未敢草率以示人。今夏，沈钧平君知余有是作，屡欲索观。余以则数无多，且舁陋，终秘未予。乃越一月，而君以所著吉林纪事诗四卷见贻，诗凡一百六十余首，每首加注，共有七万余言，不禁为之咋舌。同一纪事之作，余以年余积累所得如彼，君以一月搜讨所成如此。人之能拙，得无相悬。余读君之诗既竟，思欲奋起成余作以补君所未纪，并欲以资君之诗料，然君此诗特其嚆矢耳。其他巨作，恐不一二月又将继成。驽骀之足安能奔及骐骥，亦惟望尘兴慕而已。

　　宣统庚戌冬至后二日　阳湖谈理熙跋

# 跋

曩与沈公钧平谈论时政，磋商学务，深服其为宅心纯正，实事求是者也。公任我东台时，正毁学风起，民心忧绌之后，新机待动，抚字无人。公下车伊始，即以教养兼施为亟务。数月之间，学校复兴，新政渐起，阖邑人心亦因之安谧。凡我学界，靡不欢迎之，以为吾邑得公虽晚，而自此二三年后一切公益进行，可预而定也。乃晚近以来，敷衍形式者风靡一时，而实心任事者转不合时尚。公居心正直，凡事期益于民，致触当道之忌。而吾邑赖公实行之事，遂至今而未举，虽已四易寒暑，而一念吾东，即不忘于公。铭忠去冬由京来吉，见公手订吉林全省舆图一幅，欣知公亦在此，遂往谒之，一见相契逾昔。复得斯集而读之，推本穷源，令人忠爱之心，油然而生。而于边务事迹，尤三致意焉。所谓宅心纯正，实事求是事者，非耶？余既惜昔日公爱东邑之心，未获一一见诸行事，今幸公爱吉省之心，将不难臻诸实事，诚非第空言传世，不能无动于衷。爰书数言，跋之简末。

宣统三年春三月上浣　后学丁铭忠谨识于鸡林省中学校

# 记

　　庚戌季春赴吉，戎幕之暇，偶得吉林纪事诗百六十四首，以古今依类笺注，约七万余言，倩书手油印四十部。秋间呈政于新会中丞及诸名公，颇蒙许可。因绘图列表，补咏数十首，加注数万言，订成草本。适沈南雅、吴梦兰两先生游吉，索观是编，极欣赏之，许为可传之作，怂恿付梓，因举全稿托吴君在京排印，题跋，内之善书者并付诸石印，尚未告竣。今夏四月三日余得家电，惊悉内子病危，请假暂旋。下浣抵宁，则知得电之时，即属断弦之日。多年贫贱夫妇一旦分飞，未能偕老，不觉悲从中来。亲友赴吊者慰问之余，知余有是集也，均以先觌为快。行箧内只存油印一部，不敷分赠。两儿请就近排刷，因以此部为底本，将图表暨补咏各诗添入，其注内所增仅记其大概。至于详细之处，忆不能全，姑从阙如，作为金陵排印本，以公同好。将来都中书成，应名为北京本。敝帚自珍，亦何可笑。尚望硕学鸿才，匡其不逮，并赐以题跋，俾随时增入，以光卷册，则幸甚焉。

　　宣统三年辛亥季夏月　豫章沈兆禔钧平氏自记于金陵旅次

# 书

　　钧平仁兄大人惠察：宦辙分驰，未通缟纻，声华藉甚，良企琼琚。顷奉札书并大著吉林纪事诗二册，都成四卷，区分十类，载展玲帙，如排珠字，成就家言，自标馨逸。瑰耀发于川狱，涵茹富于渊薮，晖笼万有，甸铸六义。匪特润色鸿业，雕琢曼辞，此则樊篱斥鷃，睥大鹏之擘霄；渤澥凡鳞，诧神龙之烛汉也。即或遵源瑶峡，接轸琼途，摹兹风景，语尽雷同，露橘摛笛，霜驿闻钟。乌篷往来，与野鸥以共泊；芒屩登陟，呼岭猿而为群。踏藓寻烟，煎茶调水，莼乡鲈美，桃涨鳜肥。搴香径曲，望吴苑之锦帆；乡廆廊空，忆越溪之罗袜。击钵奏其妍词，刻烛传其雅集。商榷众制，何关品藻，凭虚造意，遑云寄托，其弊一也。乃若憔悴失偶，哀乐无端，铿前说剑，感彦昇之言；座上击壶，发处仲之叹。殊庾信之羁旅，怆摇落于江关；异陶潜之隐居，悯丧乱于井里。摛词虽雅，无病而呻，其弊二也。至若堤边杨柳，台上蘼芜，碧玉纪年，黄金买夜，吴坊小妓，溢浦故倡，映栏角之衫影，堕簾尾之钗痕，晕绀露而衣香，压绿云而帽侧。樊川白祫，因杜娘而纪恨；昌谷青袍，对公孙而陨涕。虽擅绮思，奚当闳旨，其弊三也。吾兄才高八咏，业盛千秋，山川能说，湖海胥延，当十人而足了，岂一行而遂废。吴质作史，惟事歌啸，郎基在官，但知写书。条举件系，殚见洽闻，何愿船之北徼汇编，愧斯丽，则褚廷璋之西域图咏，逊此博综，其善一也。粤若龙兴旧宇，蛮触边疆，势逼连鸡，持同穴鼠。是以握金针之祕，预除准上之悬疣；清玉床之尘，难假卧旁之鼾睡。吾兄智烛几先，言者无罪。郡国利病，川陆塞陭，政令兴革，图经损益，酌古准今，造词遣志。此则宏农帐底，非助中郎之谈；吐浑床头，定有子昇之集，其善二也。持律固严，鳃理罔棽，气挟牛弩，巧俪鸳机，自出杼柚，尽属琳瑯。赵家之遗事征存，历樊榭独标宗派，元室之艺文太略，钱竹汀自辟灵衿。吾兄摭辑奥谍，竺精缇素，颉颃前哲，若骖靳焉。启椟示璞，伐泽得珠。洪更生荷戈之集，仅赋牢愁；吴兆骞秋笳之叹，不参故实，其善三也。延其远瞩，荡兹奇怀，屏除三弊，淹积众善，约文敷圉，综意完密，诚辞林之创制，艺苑之别裁也。弟僵逾泠蠚，噤类寒蝉，覆后世之酱瓿，剩即时之酒杯。

惊人有句，文采久钦谢朓；使君不凡，品题弥愧钟嵘。未尽觇缕，冈罄导扬，即承著祺不宣。

　　辛亥季夏六月上浣　恩施樊增祥云门甫顿首拜复

图书在版编目（CIP）数据

吉林纪事诗 / (清) 沈兆禔著. -- 长春 : 吉林文史
出版社, 2020.11
（长白文库）
ISBN 978-7-5472-7386-9

Ⅰ. ①吉… Ⅱ. ①沈… Ⅲ. ①古典诗歌—诗集—中国
—清代 Ⅳ. ①I222.749

中国版本图书馆CIP数据核字(2020)第216370号


吉林纪事诗
JILIN JISHISHI
出 品 人: 张强
著　　者: (清) 沈兆禔
整　　理: 李亚超
丛书主编: 郑毅
本版校注: 李贺来
责任编辑: 程明 吕莹
装帧设计: 尤蕾
出版发行: 吉林文史出版社有限责任公司
电　　话: 0431-81629369
地　　址: 长春市福祉大路出版集团A座
邮　　编: 130117
网　　址: www.jlws.com.cn
印　　刷: 吉林省优视印务有限公司
开　　本: 170mm×240mm　1/16
印　　张: 9
字　　数: 100千字
版　　次: 2020年11月第1版　2020年11月第1次印刷
书　　号: ISBN 978-7-5472-7386-9
定　　价: 88.00元